IRACEMA

JOSÉ DE ALENCAR

ubook
ubk
Publishing House

ubook ubk Publishing House

EDIÇÃO Vinícius Nascimento
REVISÃO Cristina Barcia
CAPA E PROJETO GRÁFICO Clarissa Duarte
DIAGRAMAÇÃO Cristiano Marques
IMAGENS DO MIOLO IWOZON | iStock

Dados Internacionais de Catalogação na Publicação (CIP)
(Câmara Brasileira do Livro, SP, Brasil)

Alencar, José de, 1829-1877

Iracema / José de Alencar. -- Rio de Janeiro : Ubook Editora, 2023.

ISBN 978-65-5875-914-0

1. Romance brasileiro I. Título.

23-152636 CDD-B869.3

Índices para catálogo sistemático:

1. Romances : Literatura brasileira B869.3

Eliane de Freitas Leite - Bibliotecária - CRB 8/8415

Ubook Editora S.A

Av. das Américas, 500, Bloco 12, Sala 207,

Barra da Tijuca, Rio de Janeiro/RJ.

Cep.: 22.640-100

Tel.: (21) 3570-8150

Caro leitor,

É com grande prazer que apresentamos *Iracema*, um clássico da literatura brasileira. Nesta edição, algumas palavras e expressões foram atualizadas para tornar a leitura mais acessível e compreensível para os leitores contemporâneos. No entanto, é importante ressaltar que as características e elementos fundamentais do livro foram preservados e mantidos intactos.

Essa obra tem o ambicioso objetivo de ajudar os estudantes e despertar neles o interesse pela literatura clássica brasileira, levando-os a explorar outras obras e autores do nosso patrimônio literário.

Esperamos que esta edição de *Iracema* possa continuar encantando os leitores, mantendo vivo o legado e a beleza da obra de José de Alencar.

Boa leitura!

SUMÁRIO

1ª EDIÇÃO

PRÓLOGO

Meu amigo.

Este livro o vai naturalmente encontrar em seu pitoresco sítio da várzea, no doce lar, a que povoa a numerosa prole, alegria e esperança do casal.

Imagino que é a hora mais ardente da sesta.

O sol a pino dardeja raios de fogo sobre as areias natais; as aves emudecem; as plantas languem[1]. A natureza sofre a influência da poderosa irradiação tropical, que produz o diamante e o gênio, as duas mais brilhantes manifestações do poder criador.

Os meninos brincam na sombra da sacada, com pequenos ossos de reses[2], que representam a boiada. Era assim que eu brincava, há quantos anos, em outro sítio, não muito distante do seu. A dona da casa, terna e incansável, manda abrir o coco verde, ou prepara o saboroso creme do buriti para refrigerar o esposo, que há pouco recolheu de sua excursão pelo sítio, e agora repousa embalando-se na macia e cômoda rede.

1 Definham [N.E.]

2 Qualquer animal quadrúpede abatido para alimentação do ser humano [N.E.]

Abra então este livrinho, que lhe chega da corte imprevisto. Percorra suas páginas para desenfastiar o espírito das coisas graves que o trazem ocupado.

Talvez me desvaneça amor do ninho, ou se iludam as reminiscências da infância avivadas recentemente. Se não, creio que, ao abrir o pequeno volume, sentirá uma onda do mesmo aroma silvestre e bravio que lhe vem da várzea. Derrama-o, a brisa que perpassou na folhagem da carnaúba e na ramagem das aroeiras em flor.

Essa onda é a inspiração da pátria que volve a ela, agora e sempre, como volve de contínuo o olhar do infante para o materno semblante que lhe sorri.

O livro é cearense. Foi imaginado aí, na limpidez desse céu de cristalino azul, e depois vazado no coração cheio das recordações vivaces de uma imaginação virgem. Escrevi-o para ser lido lá, na varanda da casa rústica ou na fresca sombra do pomar, ao doce embalo da rede, entre os sussurros do vento que crepita na areia, ou farfalha nas palmas dos coqueiros.

Para lá, pois, que é o berço seu, o envio.

Mas assim mandado por um filho ausente, para muitos, estranho, esquecido talvez dos poucos amigos, e só lembrado pela incessante desafeição, qual sorte será a do livro?

Que lhe falte hospitalidade, não temo. As auras de nossos campos parecem tão impregnadas dessa virtude primitiva, que nenhuma raça habita aí, que não a inspire com o hálito vital. Receio, sim, que o livro seja recebido como estrangeiro e hóspede na terra dos meus.

Se, porém, ao abordar a região do Mocoripe, for acolhido pelo bom cearense, prezado de seus irmãos ainda mais na adversidade do que nos tempos prósperos, estou certo de que o filho de minha alma achará na terra de seu pai, a intimidade e aconchego da família.

O nome de outros filhos enobrece nossa província na política e na ciência; entre eles o meu, hoje apagado, quando o trazia brilhantemente aquele que primeiro o criou.

Neste momento mesmo, a espada heroica de muito bravo cearense vai ceifando no campo da batalha ampla colheita de glória. Quem não pode ilustrar a terra natal, canta as suas lendas, sem metro, na rude toada de seus antigos filhos.

Acolha, pois, esta primeira mostra, para oferecê-la a nossos patrícios, a quem é dedicada.

Este pedido foi um dos motivos de lhe endereçar o livro; o outro saberá depois que o tenha lido.

Muita coisa me ocorre dizer sobre o assunto, que talvez deveria antecipar à leitura da obra, para prevenir a surpresa de alguns e responder às observações ou reparos de outros.

Mas sempre fui avesso aos prólogos; em meu conceito, eles fazem à obra o mesmo que o pássaro à fruta antes de colhida: roubam as primícias do sabor literário. Por isso me reservo para depois

Na última página me encontrará de novo; então conversaremos a gosto, em mais liberdade do que teríamos neste pórtico do livro, onde a etiqueta manda receber o público com a gravidade e reverência devida a tão alto senhor.

Rio de Janeiro, maio de 1865.

J. de Alencar

1

Verdes mares bravios de minha terra natal, onde canta a jandaia[1] nas copas da carnaúba;

Verdes mares, que brilhais como líquida esmeralda aos raios do sol nascente, costeando as alvas praias ensombradas de coqueiros;

Serenai, verdes mares, e alisai docemente a vaga impetuosa, para que o barco aventureiro manso resvale à flor das águas.

Onde vai a afoita jangada, que deixa rápida a costa cearense, aberta ao fresco terral a grande vela?

Aonde vai como branca alcíone[2] buscando o rochedo pátrio nas solidões do oceano? Três entes respiram sobre o frágil lenho que veleja veloz, mar em fora;

---

1 Ave encontrada predominantemente na região Nordeste do Brasil, desde o norte de Goiás, passando pelo Piauí, Maranhão, Ceará, Pernambuco e Alagoas. Seu habitat natural é composto por áreas de vegetação de caatinga, savanas com árvores, clareiras e extremidades de florestas tropicais [N.E.]

2 Ave mitológica de canto melancólico que era considerada pelos gregos um presságio de boa sorte, pois costumava construir seu ninho no mar quando as águas estavam tranquilas [N.E.]

Um jovem guerreiro, cuja tez branca não cora o sangue americano; uma criança e um rafeiro[3] que viram a luz no berço das florestas, e brincam irmãos, filhos ambos da mesma terra selvagem.

A lufada intermitente traz da praia um eco vibrante, que ressoa entre o marulho das ondas:

— Iracema!

O moço guerreiro, encostado ao mastro, leva os olhos presos na sombra fugitiva da terra; a espaços, o olhar empanado por tênue lágrima cai sobre o jirau[4], onde folgam as duas inocentes criaturas, companheiras de seu infortúnio.

Nesse momento, o lábio arranca d'alma um agro sorriso.

Que deixara ele na terra do exílio?

Uma história que me contaram nas lindas várzeas onde nasci, à calada da noite, quando a lua passeava no céu prateando os campos, e a brisa sussurrava nos palmares.

Refresca o vento.

O arrulho das vagas precipita. O barco salta sobre as ondas e desaparece no horizonte. Abre-se a imensidão dos mares, e a borrasca[5] enverga, como o condor, as foscas asas sobre o abismo.

Deus te leve a salvo, brioso e altivo barco, por entre as vagas revoltas, e te poje n'alguma enseada amiga. Soprem para ti as brandas auras; e para ti irradie a bonança mares de leite!

Enquanto navegas assim à discrição do vento, airoso barco, volva às brancas areias a saudade que te acompanha, mas não se parte da terra onde revoa.

---

3 Rafeiro é uma palavra utilizada para se referir a um tipo de cão comum em Portugal e também em algumas regiões do Brasil. Esses cães são geralmente de porte médio a grande, com pelagem variada e podem ter uma aparência mista ou indefinida [N.E.]

4 Estrutura de madeira, normalmente para fazer camas nas áreas rurais [N.E.]

5 Temporal com chuva e ventos intensos [N.E.]

2

Além, muito além daquela serra, que ainda azula no horizonte, nasceu Iracema.

Iracema, a virgem dos lábios de mel, que tinha os cabelos mais negros que a asa da graúna e mais longos que seu talhe de palmeira.

O favo da jati[6] não era doce como seu sorriso; nem a baunilha recendia no bosque como seu hálito perfumado.

Mais rápida que a ema selvagem, a morena virgem corria o sertão e as matas do Ipu[7], onde campeava sua guerreira tribo da grande nação tabajara. O pé grácil e nu, mal roçando, alisava apenas a verde pelúcia que vestia a terra com as primeiras águas.

---

6 Abelha [N.E.]

7 Um tipo de árvore, também chamada de jucá. A palavra em Tupi também pode ser sinônimo de terra fértil, de onde deriva o nome da cidade de Ipu, no estado do Ceará [N.E.]

Um dia, ao pino do sol, ela repousava em uma clareira da floresta. Banhava-lhe o corpo a sombra da oiticica[8], mais fresca do que o orvalho da noite. Os ramos da acácia silvestre esparziam flores sobre os úmidos cabelos. Escondidos na folhagem os pássaros ameigavam o canto.

Iracema saiu do banho; o aljôfar d´água ainda a roreja[9], como à doce mangaba que corou em manhã de chuva. Enquanto repousa, empluma das penas do gará as flechas de seu arco, e concerta com o sabiá da mata, pousado no galho próximo, o canto agreste.

A graciosa ará[10], sua companheira e amiga, brinca junto dela. Às vezes sobe aos ramos da árvore e de lá chama a virgem pelo nome; outras remexe o cesto de palha matizada, onde traz a selvagem seus perfumes, os alvos fios do crautá, as agulhas da juçara com que tece a renda, e as tintas de que matiza o algodão.

Rumor suspeito quebra a doce harmonia da sesta. Ergue a virgem os olhos, que o sol não deslumbra; sua vista perturba-se.

Diante dela e todo a contemplá-la, está um guerreiro estranho, isso se é guerreiro e não algum mau espírito da floresta. Tem nas faces o branco das areias que bordam o mar; nos olhos o azul triste das águas profundas. Desconhecidas armas e tecidos camuflados cobrem-lhe o corpo.

Foi rápido, como o olhar, o gesto de Iracema. A flecha embebida no arco partiu. Gotas de sangue borbulham na face do desconhecido.

De primeiro ímpeto, a mão ligeira caiu sobre a cruz da espada, mas logo sorriu. O moço guerreiro aprendeu na religião de sua mãe

---

8 Característica do nordeste brasileiro, esta árvore desempenha um papel fundamental tanto do ponto de vista ambiental quanto econômico. É considerada um verdadeiro refúgio durante os períodos de estiagem na região e é uma espécie nativa e ribeirinha. Além de ser uma planta brasileira, a oiticica tem uma relevância crucial na preservação dos cursos d'água e riachos do nordeste do país [N.E.]

9 Gota de água com aspecto de pérola [N.E.]

10 Palavra de origem tupi-guarani utilizada no Brasil para se referir a uma espécie de papagaio conhecido como arara [N.E.]

que a mulher é símbolo de ternura e amor. Sofreu mais d'alma que da ferida.

O sentimento que ele pôs nos olhos e no rosto, não o sei eu. Porém, a virgem lançou de si o arco e a uiraçaba[11], e correu para o guerreiro, sentida da mágoa que causara.

A mão que rápida ferira, estancou mais rápida e compassiva o sangue que gotejava. Depois Iracema quebrou a flecha homicida: deu a haste ao desconhecido, guardando consigo a ponta farpada.

O guerreiro falou:

— Quebras comigo a flecha da paz?

— Quem te ensinou, guerreiro branco, a linguagem de meus irmãos? Donde vieste a estas matas, que nunca viram outro guerreiro como tu?

— Venho de bem longe, filha das florestas. Venho das terras que teus irmãos já possuíram, e hoje têm os meus.

—Bem-vindo seja o estrangeiro aos campos dos tabajaras, senhores das aldeias, e à cabana de Araquém, pai de Iracema.

---

11 Aljava em Tupi-Guarani [N.E.]

3

O estrangeiro seguiu a virgem através da floresta.

Quando o sol descambava sobre a crista dos montes, e a rola desatava do fundo da mata os primeiros arrulhos, eles descobriram no vale a grande taba; e mais afastada, pendurada no rochedo, à sombra dos altos juazeiros, a cabana do pajé.

O ancião fumava à porta, sentado na esteira de carnaúba, meditando os sagrados ritos de Tupã. O tênue sopro da brisa acariciava, como flocos de algodão, os compridos e raros cabelos brancos. De imóvel que estava, sumia a vida nos olhos cavos e nas rugas profundas.

O pajé avistou os dois vultos que avançavam; cuidou ver a sombra de uma árvore solitária que vinha alongando-se pelo vale fora.

Quando os viajantes entraram na densa penumbra do bosque, então seu olhar, como o do tigre, afeito às trevas, conheceu Iracema e viu que a seguia um jovem guerreiro, de estranha raça e longes terras.

As tribos tabajaras, de além Ibiapaba[12], falavam de uma nova raça de guerreiros, alvos como flores de borrasca, e vindos de remota terra

12 Serra da Ibiapaba, que corta parte dos estados do Ceará e do Piauí [N.E.]

às margens do Mearim. O ancião pensou que fosse um guerreiro semelhante, aquele que pisava os campos nativos.

Tranquilo, esperou.

A virgem aponta para o estrangeiro e diz:

— Ele veio, pai.

— Veio bem. É Tupã que traz o hóspede à cabana de Araquém.

Assim dizendo, o pajé passou o cachimbo ao estrangeiro; e entraram ambos na cabana. O mancebo sentou-se na rede principal, suspensa no centro da habitação.

Iracema acendeu o fogo da hospitalidade, e trouxe o que havia de provisões para satisfazer a fome e a sede: trouxe o resto da caça, a farinha-d'água, os frutos silvestres, os favos de mel, o vinho de caju e ananás.

Depois, a virgem entrou com a igaçaba[13], que na fonte próxima enchera de água fresca para lavar o rosto e as mãos do estrangeiro.

Quando o guerreiro terminou a refeição, o velho pajé apagou o cachimbo e falou:

— Vieste?

— Vim — respondeu o desconhecido.

— Bem-vindo sejas. O estrangeiro é senhor na cabana de Araquém. Os tabajaras têm mil guerreiros para defendê-lo, e mulheres sem conta para servi-lo. Dize, e todos te obedecerão.

— Pajé, eu te agradeço o agasalho[14] que me deste. Logo que o sol nascer, deixarei tua cabana e teus campos aonde vim perdido; mas não devo deixá-los sem dizer-te quem é o guerreiro, que fizeste amigo.

— Foi a Tupã que o pajé serviu: ele te trouxe, ele te levará. Araquém nada fez pelo seu hóspede; não pergunta donde vem e quando vai. Se queres dormir, desçam sobre ti os sonhos alegres; se queres falar, teu anfitrião escuta.

O estrangeiro disse:

---

13 Recipiente de barro com a boca larga [N.E.]

14 Acolhimento [N.E.]

— Sou dos guerreiros brancos, que levantaram a taba nas margens do Jaguaribe, perto do mar, onde habitam os pitiguaras, inimigos de tua nação. Meu nome é Martim, que na tua língua quer dizer filho de guerreiro; meu sangue, o do grande povo que primeiro viu as terras de tua pátria. Já meus destroçados companheiros voltaram por mar às margens do Paraíba, de onde vieram; e o chefe, desamparado dos seus, atravessa agora os vastos sertões do Apodi. Só eu de tantos fiquei, porque estava entre os pitiguaras de Acaracu, na cabana do bravo Poti, irmão de Jacaúna, que plantou comigo a árvore da amizade. Há três sóis partimos para a caça; e perdido dos meus, vim aos campos dos tabajaras.

— Foi algum mau espírito da floresta que cegou o guerreiro branco no escuro da mata — respondeu o ancião.

A cauã[15] piou, além, na extrema do vale. Caía a noite.

15 Acauã ou cauã: termo de origem Tupi que significa gavião ou falcão [N.E.]

4

O pajé vibrou o maracá[16] e saiu da cabana, porém, o estrangeiro não ficou só.

Iracema voltara com as mulheres chamadas para servir o hóspede de Araquém, e os guerreiros vindos para obedecer-lhe.

— Guerreiro branco — disse a virgem —, o prazer embale tua rede durante a noite; o sol traga luz a teus olhos e alegria à tua alma.

E assim dizendo, Iracema tinha o lábio trêmulo, e úmida a pálpebra.

— Tu me deixas? — perguntou Martim.

— As mais belas mulheres, da grande taba, contigo ficam.

— Para elas a filha de Araquém não devia ter conduzido o hóspede à cabana do pajé.

— Estrangeiro, Iracema não pode ser tua serva. É ela que guarda o segredo da jurema[17] e o mistério do sonho. Sua mão fabrica para o pajé a bebida de Tupã.

O guerreiro cristão atravessou a cabana e sumiu-se na treva.

---

16 Chocalho indígena utilizado em festas e celebrações religiosas [N.E.]

17 O segredo das matas, dos espíritos ancestrais [N.E.]

A grande taba erguia-se no fundo do vale, iluminada pelos fachos da alegria. Rugia o maracá; ao quebro lento do canto selvagem, batia a dança em torno a rude cadência. O pajé, inspirado, conduzia o sagrado tripúdio[18] e dizia ao povo crente os segredos de Tupã.

O maior chefe da nação tabajara, Irapuã, descera do alto da serra Ibiapaba para levar as tribos do sertão contra o inimigo pitiguara. Os guerreiros do vale festejam a vinda do chefe, e o próximo combate.

O mancebo cristão viu de longe o clarão da festa; passou além e olhou o céu azul sem nuvens. A estrela morta que então brilhava sobre a cúpula da floresta, guiou seu passo firme para as frescas margens do rio das garças.

Quando ele transmontou o vale e ia penetrar na mata, surgiu o vulto de Iracema. A virgem seguira o estrangeiro como a brisa sutil que resvala sem murmurejar por entre a ramagem.

— Por que — disse ela —, o estrangeiro abandona a cabana hospedeira sem levar o presente da volta? Quem fez mal ao guerreiro branco na terra dos tabajaras?

O cristão sentiu quanto era justa a queixa, e achou-se ingrato.

— Ninguém fez mal ao teu hóspede, filha de Araquém. Era o desejo de ver seus amigos que o afastava dos campos dos tabajaras. Não levava o presente da volta; mas leva em sua alma a lembrança de Iracema.

— Se a lembrança de Iracema estivesse n'alma do estrangeiro, ela não o deixaria partir. O vento não leva a areia da várzea, quando a areia bebe a água da chuva.

A virgem suspirou:

— Guerreiro branco, espera que Caubi volte da caça. O irmão de Iracema tem o ouvido sutil que pressente a boicininga[19] entre os rumores da mata; e olhar do oitibó[20] que vê melhor nas trevas. Ele te guiará às margens do rio das garças.

---

18 Júbilo [N.E.]

19 Cascavel [N.E.]

20 Ave noturna [N.E.]

— Quanto tempo se passará antes que o irmão de Iracema esteja de volta na cabana de Araquém?

— O sol, que vai nascer, tornará com o guerreiro Caubi aos campos do Ipu.

— Teu hóspede espera, filha de Araquém; mas se o sol tornando não trouxer o irmão de Iracema, ele levará o guerreiro branco à taba dos pitiguaras.

Martim voltou à cabana do pajé.

A alva rede, que Iracema perfumara com a resina do beijoim[21], guardava-lhe um sono calmo e doce.

O cristão adormeceu, ouvindo suspirar, entre os murmúrios da floresta, o terno canto da virgem indiana.

---

21 Bálsamo extraído a partir da resina de plantas [N.E.]

5

O galo da campina ergue a poupa escarlate fora do ninho. Seu límpido trinado anuncia a aproximação do dia.

Ainda a sombra cobre a terra. Já o povo selvagem colhe as redes na grande taba e caminha para o banho. O velho pajé, que velou toda a noite, falando às estrelas, conjurando os maus espíritos das trevas, entra furtivamente na cabana.

Eis retroa o boré[22] pela amplidão do vale.

Travam das armas os rápidos guerreiros, e correm ao campo. Quando foram todos na vasta ocara[23] circular, Irapuã, o chefe, soltou o grito de guerra:

— Tupã deu à grande nação tabajara toda esta terra. Nós guardamos as serras, de onde manam os córregos, com os frescos ipus onde crescem a maniva e o algodão; e abandonamos ao bárbaro potiguara, comedor de camarão, as areias nuas do mar, com os secos

22 Trombeta [N.E.]

23 Espécie de espaço central nas aldeias onde ocorrem celebrações (semelhante a uma praça) [N.E.]

tabuleiros sem água e sem florestas. Agora, os pescadores da praia, sempre vencidos, deixam vir pelo mar a raça branca dos guerreiros de fogo, inimigos de Tupã. Já os emboabas estiveram no Jaguaribe; logo estarão em nossos campos; e com eles os potiguaras. Faremos nós, senhores das aldeias, como a pomba, que se encolhe em seu ninho, quando a serpente enrosca pelos galhos?

O irado chefe brande o tacape e o arremessa no meio do campo. Derrubando a fronte, cobre o raivoso olhar:

— Irapuã falou — disse.

O mais moço dos guerreiros avança:

— O gavião paira nos ares. Quando o nambu[24] levanta, ele cai das nuvens e rasga as entranhas da vítima. O guerreiro tabajara, filho da serra, é como o gavião.

Troa e retroa a pocema[25] da guerra.

O jovem guerreiro erguera o tacape; e por sua vez o brandiu girando no ar, rápida e ameaçadora, a arma do chefe passou de mão em mão.

O velho Andira, irmão do Pajé, a deixou tombar, e calcou no chão, com o pé ágil ainda e firme.

— Pasma o povo tabajara da ação desusada. Voto de paz em tão provado e impetuoso guerreiro! E o velho herói, que cresceu na sanha, crescendo nos anos, é o feroz Andira quem derrubou o tacape, núncio da próxima luta?

Incertos e mudos todos escutam:

— Andira, o velho Andira, bebeu mais sangue na guerra do que já beberam cauim[26] nas festas de Tupã, todos quantos guerreiros alumiam

---

24 Ave aquática, saracura [N.E.]

25 Sinónimo de o grito da guerra [N.E.]

26 Bebida fermentada tradicional indígena, feita a partir da fermentação de mandioca, milho, frutas ou outros grãos. É uma bebida alcoólica, com teor de álcool geralmente entre 2 e 8%, e é consumida em diversas regiões da América Latina. O cauim é conhecido por ter sido utilizado em rituais indígenas, como uma forma de comunhão entre as pessoas e os deuses, e é considerado um símbolo cultural importante para muitas comunidades indígenas [N.E.]

agora a luz de seus olhos. Ele viu mais combates em sua vida, do que luas lhe despiram a fronte. Quantos crânios de potiguara escalpelarão suas mãos implacáveis, antes que o tempo lhe arrancasse o primeiro cabelo? E o velho Andira nunca temeu que o inimigo pisasse a terra de seus pais; mas alegrava-se quando ele vinha, e sentia com o faro da guerra a juventude renascer no corpo decrépito, como a árvore seca renasce com o sopro do inverno. A nação tabajara é prudente. Ela deve encostar o tacape da luta para ranger o membi[27] da festa. Celebra, Irapuã, a vinda dos emboabas e deixa que cheguem todos aos nossos campos. Então, Andira te promete o banquete da vitória!

Desabriu, enfim, Irapuã a funda cólera:

— Fica tu, escondido entre as igaçabas de vinho, fica, velho morcego, porque temes a luz do dia e só bebes o sangue da vítima que dorme. Irapuã leva a guerra no punho de seu tacape. O terror que ele inspira voa com o rouco som do boré. O potiguara já tremeu ouvindo rugir na serra, mais forte que o ribombo do mar.

27 Flauta indígena [N.E.]

6

Martim vai a passo a passo por entre os altos juazeiros que cercam a cabana do pajé.

Era o tempo em que o doce aracati[28] chega do mar, e derrama a deliciosa frescura pelo árido sertão. A planta respira; um suave arrepio eriça a verde coma da floresta[29].

O cristão contempla o pôr do sol. A sombra, que desce dos montes e cobre o vale, penetra sua alma. Lembra-se do lugar onde nasceu, dos entes queridos que ali deixou. Sabe ele se tornará a vê-los algum dia?

Em torno, lamenta a natureza o dia que expira. Soluça a onda trépida e lacrimosa; geme a brisa na folhagem; o mesmo silencio ofega oprimido.

Iracema parou em face do jovem guerreiro:

— É a presença de Iracema que perturba a serenidade no rosto do estrangeiro?

Martim pousou brandos olhos na face da virgem:

---

28 Vento forte [N.E.]

29 Copa das árvores [N.E.]

— Não, filha de Araquém; tua presença alegra, como a luz da manhã. Foi a lembrança da pátria que trouxe a saudade ao coração pressago.

— Uma noiva te espera?

O forasteiro desviou os olhos. Iracema dobrou a cabeça sobre a espádua, como a tenra palma da carnaúba, quando a chuva peneira na várzea.

— Ela não é mais doce do que Iracema, a virgem dos lábios de mel, nem mais formosa! — murmurou o estrangeiro.

— A flor da mata é formosa quando tem rama que a abrigue, e tronco onde se enlace. Iracema não vive n'alma de um guerreiro: nunca sentiu a frescura do seu sorriso.

Emudeceram ambos, com os olhos no chão, escutando a palpitação dos seios que batiam opressos.

A virgem falou enfim:

— A alegria voltará logo à alma do guerreiro branco; porque Iracema quer que ele veja antes da noite a noiva que o espera.

Martim sorriu do ingênuo desejo da filha do pajé

— Vem! — disse a virgem.

Atravessaram o bosque e desceram ao vale. Onde morria a falda da colina, o arvoredo era abundante: densa abóbada de folhagem verde-negra cobria o sagrado agreste, reservado aos mistérios do rito bárbaro.

Era de jurema o bosque sagrado. Em torno corriam os troncos rugosos da árvore de Tupã; dos galhos, pendiam ocultos pela rama escura os vasos do sacrifício; lastravam o chão as cinzas de extinto fogo, que servira à festa da última lua.

Antes de penetrar o recôndito sítio, a virgem que conduzia o guerreiro pela mão, hesitou, inclinando o ouvido sutil aos suspiros da brisa. Todos os ligeiros rumores da mata tinham uma voz para a selvagem filha do sertão. Porém, nada havia de suspeito no intenso respiro da floresta.

Iracema fez ao estrangeiro um gesto de espera e silêncio; logo depois, desapareceu na escuridão do bosque. O sol ainda pairava suspenso no viso da serrania[30], e já noite profunda enchia aquela solidão.

Quando a virgem regressou, trazia numa folha gotas de verde e estranho licor, vazadas da igaçaba, que ela tirara do seio da terra. Apresentou ao guerreiro a taça agreste:

— Bebe!

Martim sentiu perpassar nos olhos o sono da morte; porém, logo a luz inundou-lhe os seios d'alma; a força exuberou em seu coração. Reviveu os dias passados melhor do que os tinha vivido; fruiu a realidade de suas mais belas esperanças.

Ei-lo que volta à terra natal, abraça a velha mãe, revê mais lindo e terno o anjo puro dos amores infantis.

Mas por que, mal de volta ao berço da pátria, o jovem guerreiro de novo deixa o teto paterno e demanda o sertão?

Já atravessa as florestas; já chega aos campos do Ipu. Busca na selva a filha do pajé. Segue o rasto ligeiro da virgem arisca, soltando à brisa com o contínuo suspiro o doce nome:

— Iracema! Iracema! . . .

Já a alcança e cinge-lhe o braço pelo talhe esbelto.

Cedendo à meiga pressão, a virgem reclinou-se ao peito do guerreiro, e ficou ali, trêmula e palpitante, como a tímida perdiz, quando o terno companheiro lhe ouriça com o bico a macia penugem.

O lábio do guerreiro suspirou mais uma vez o doce nome e soluçou, como se chamara outro lábio amante. Iracema sentiu que sua alma se escapava para embeber-se no beijo ardente.

A fronte reclinara, e a flor do sorriso expandia-se como a lótus ao beijo do sol.

Súbito, a virgem tremeu; soltando-se rápida do braço que a cingia, travou do arco.

30 Cume do conjunto de serras [N.E.]

7

Iracema passou entre as árvores, silenciosa como uma sombra; seu olhar cintilante coava entre as folhas, qual frouxo raio de estrelas; ela escutava o silêncio profundo da noite e aspirava as auras sutis que sopravam.

Parou. Uma sombra resvalava entre as ramas e nas folhas crepitava um passo ligeiro, se não era o roer de algum inseto. Pouco a pouco, o tênue rumor foi crescendo e a sombra avultou.

Era um guerreiro. De um salto a virgem estava diante dele, trêmula de susto e mais ainda de cólera.

— Iracema! — exclamou o guerreiro, recuando.

— Anhangá[31] turbou sem dúvida o sono de Irapuã, que o trouxe perdido ao bosque da jurema, onde nenhum guerreiro penetra contra a vontade de Araquém.

— Não foi Anhangá, mas a lembrança de Iracema, que turbou o sono do primeiro guerreiro tabajara. Irapuã desceu do seu ninho de águia para seguir na várzea a garça do rio. Chegou, e Iracema fugiu

---

31 Espírito da floresta, normalmente manifesto na forma de um veado [N.E.]

de seus olhos. As vozes da taba contaram ao ouvido do chefe que um estrangeiro era vindo à cabana de Araquém.

A virgem estremeceu. O guerreiro cravou nela o olhar abrasado:

— O coração aqui no peito de Irapuã ficou tigre. Pulou de raiva. Veio farejando a presa. O estrangeiro está no bosque, e Iracema o acompanhava. Quero beber-lhe o sangue todo: quando o sangue do guerreiro branco correr nas veias do chefe tabajara, talvez o ame a filha de Araquém.

A pupila negra da virgem cintilou na treva, e de seu lábio, borbulhou, como gotas do leite cáustico de eufórbia[32], um sorriso de desprezo:

— Nunca Iracema daria seu seio, que o espírito de Tupã habita só, ao guerreiro mais vil dos guerreiros tabajaras! Torpe é o morcego porque foge da luz e bebe o sangue da vítima adormecida!

— Filha de Araquém, não assanha o jaguar! O nome de Irapuã voa mais longe que o goaná[33] do lago, quando sente a chuva além das serras. Que o guerreiro branco venha, e o seio de Iracema se abra para o vencedor.

— O guerreiro branco é hóspede de Araquém. A paz o trouxe aos campos de Ipu, a paz o guarda. Quem ofender o estrangeiro, ofende o pajé.

Rugiu de sanha o chefe tabajara:

— A raiva de Irapuã só ouve agora o grito de vingança. O estrangeiro vai morrer!

— A filha de Araquém é mais forte que o chefe dos guerreiros — disse Iracema travando da trombeta. — Ela tem aqui a voz de Tupã, que chama seu povo.

— Mas não chamará! — respondeu o chefe, escarnecendo.

— Não, porque Irapuã vai ser punido pela mão de Iracema. Seu primeiro passo é o passo da morte.

---

32 Planta, com algumas variedades semelhantes aos cactos [N.E.]

33 Espécie de réptil [N.E.]

A virgem retraiu de um salto o avanço que tomara, e vibrou o arco. O chefe cerrou ainda o punho do formidável tacape; mas pela vez primeira, sentiu que pesava ao braço robusto. O golpe que devia ferir Iracema, ainda não alçado, já lhe trespassava, a ele próprio, o coração.

Conheceu quanto o varão forte é, pela sua mesma fortaleza, mais cativo das grandes paixões.

— A sombra de Iracema não esconderá sempre o estrangeiro à vingança de Irapuã. Vil é o guerreiro que se deixa proteger por uma mulher.

Dizendo estas palavras, o chefe desapareceu entre as árvores. A virgem sempre alerta volveu para o cristão adormecido; e velou o resto da noite a seu lado. As emoções recentes, que agitaram sua alma, a abriram ainda mais à doce afeição, que iam filtrando nela os olhos do estrangeiro.

Desejava abrigá-lo contra todo o perigo, recolhê-lo em si como em um asilo impenetrável. Acompanhando o pensamento, seus braços cingiam a cabeça do guerreiro, e a apertavam ao seio.

Mas, quando passou a alegria de o ver salvo dos perigos da noite, entrou-a mais viva inquietação, com a lembrança dos novos perigos que iam surgir.

— O amor de Iracema é como o vento dos areais; mata a flor das árvores — suspirou a virgem.

E afastou-se lentamente.

8

A alvorada abriu o dia e os olhos do guerreiro branco. A luz da manhã dissipou os sonhos da noite e arrancou de sua alma a lembrança do que sonhara. Ficou apenas um vago sentir, como fica na moita o perfume da flor que o vento da serra desfolha na madrugada.

Não sabia onde estava.

A saída do bosque sagrado encontrou Iracema: a virgem reclinava num tronco áspero do arvoredo; tinha os olhos no chão; o sangue fugira das faces; o coração lhe tremia nos lábios, como gota de orvalho nas folhas do bambu.

Não tinha sorrisos, nem cores, a virgem indiana: não tem borbulhas, nem rosas, a acácia que o sol crestou; não tem azul, nem estrelas, a noite que enlutam os ventos.

— As flores da mata já abriram aos raios do sol; as aves já cantaram — disse o guerreiro. — Por que só Iracema curva a fronte e emudece?

A filha do pajé estremeceu. Assim estremece a verde palma, quando a haste frágil foi abalada; orvalham do espato as lágrimas da chuva, e os leques cochicham brandamente.

— O guerreiro Caubi vai chegar à taba de seus irmãos. O estrangeiro poderá partir com o sol que vem nascendo.

— Iracema quer ver o estrangeiro fora dos campos dos tabajaras; então a alegria voltará a seu seio.

— A juruti[34], quando a árvore seca, foge do ninho em que nasceu. Nunca mais a alegria voltará ao seio de Iracema: ela vai ficar, como o tronco nu, sem ramas, nem sombras.

Martim amparou o corpo trêmulo da virgem; ela reclinou lânguida sobre o peito do guerreiro, como o tenro pâmpano[35] da baunilha que enlaça o rijo galho do angico.

O mancebo murmurou:

— Teu hóspede fica, virgem dos olhos negros: ele fica para ver abrir em tuas faces a flor da alegria, e para sorver, como o colibri, o mel de teus lábios.

Iracema soltou-se dos braços do mancebo, e olhou-o com tristeza:

— Guerreiro branco, Iracema é filha do pajé, e guarda o segredo da jurema. O guerreiro que possuísse a virgem de Tupã morreria.

— E Iracema?

— Pois que tu morrias! . . .

Esta palavra foi como um sopro de tormenta. A cabeça do mancebo vergou e pendeu sobre o peito; mas logo se ergueu.

— Os guerreiros de meu sangue trazem a morte consigo, filha dos tabajaras. Não a temem para si, não a poupam para o inimigo. Mas nunca fora do combate eles deixarão aberto o camucim[36] da virgem na taba de seu hóspede. A verdade falou pela boca de Iracema. O estrangeiro deve abandonar os campos dos tabajaras.

---

34 Pássaro também conhecido como juriti [N.E.]

35 Ramo novo, broto [N.E.]

36 No contexto, urna funerária indígena, mas o nome também é utilizado para designar pote de barro [N.E.]

— Deve — respondeu a virgem como um eco.

Depois a sua voz suspirou:

— O mel dos lábios de Iracema é como o favo que a abelha fabrica no tronco da andiroba: tem na doçura o veneno. A virgem dos olhos azuis e dos cabelos do sol guarda para seu guerreiro na taba dos brancos o mel da açucena.

Martim afastou-se rápido; mas voltou lentamente. A palavra tremia em seu lábio:

— O estrangeiro partirá para que o sossego volte ao seio da virgem.

— Tu levas a luz dos olhos de Iracema, e a flor de sua alma.

Reboa longe na selva um clamor estranho. Os olhos do mancebo alongam-se.

— É o grito de alegria do guerreiro Caubi — disse a virgem. — O irmão de Iracema anuncia que é chegado aos campos dos tabajaras.

— Filha de Araquém, guia teu hóspede à cabana. É tempo de partir.

Eles caminharam lado a lado, como dois jovens cervos que ao pôr do sol atravessam a capoeira recolhendo ao abrigo de onde lhes traz a brisa um faro suspeito.

Quando chegavam perto dos juazeiros, viram que passava além o guerreiro Caubi, vergando os ombros robustos ao peso da caça. Iracema caminhou para ele.

O estrangeiro entrou só na cabana.

9

O sono da manhã pousava nos olhos do pajé como névoas de bonança pairam ao romper do dia sobre as profundas cavernas da montanha.

Martim parou indeciso; mas o rumor de seu passo penetrou no ouvido do ancião e abalou seu corpo decrépito.

— Araquém dorme! — murmurou o guerreiro, devolvendo o passo.

O velho ficou imóvel:

— O pajé dorme porque já Tupã voltou o rosto para a terra e a luz correu os maus espíritos da treva. Mas o sono é leve nos olhos de Araquém, como o fumo do sapé no cocuruto da serra. Se o estrangeiro veio para o pajé, fale; seu ouvido escuta.

— O estrangeiro veio para te anunciar que parte.

— O hóspede é senhor na cabana de Araquém; todos os caminhos estão abertos para ele. Tupã o leve à taba dos seus.

Vieram Caubi e Iracema:

— Caubi voltou — disse o guerreiro tabajara. — Traz a Araquém o melhor de sua caça.

— O guerreiro Caubi é um grande caçador de montes e florestas. Os olhos de seu pai gostam de vê-lo.

O velho abriu as pálpebras e cerrou-as logo:

— Filha de Araquém, escolhe para teu hóspede o presente da volta e prepara o moquém[37] da viagem. Se o estrangeiro precisa de guia, o guerreiro Caubi, senhor do caminho, O acompanhará.

O sono voltou aos olhos do pajé.

Enquanto Caubi pendurava no fumeiro as peças de caça, Iracema colheu a sua alva rede de algodão com franjas de penas, e acomodou-a dentro do cesto de palha trançada.

Martim esperava na porta da cabana. A virgem veio a ele:

— Guerreiro, que levas o sono de meus olhos, leva a minha rede também. Quando nela dormites, falem em tua alma os sonhos de Iracema.

— Tua rede, virgem dos tabajaras, será minha companheira no deserto: venha embora o vento frio da noite, ela guardará para o estrangeiro o calor e o perfume do seio de Iracema.

Caubi saiu para ir à sua cabana, que ainda não tinha visto depois da volta. Iracema foi preparar o moquém da viagem. Ficaram sós na cabana o pajé que ressonava, e o mancebo com sua tristeza.

O sol, transmontando, já começava a declinar para o ocidente, quando o irmão de Iracema tornou da grande taba.

— O dia vai ficar triste — disse Caubi. — A sombra caminha para a noite. É tempo de partir.

A virgem pousou a mão de leve no punho da rede de Araquém.

— Ele vai! — murmuraram os lábios trêmulos.

O pajé levantou-se no meio da cabana e acendeu o cachimbo. Ele e o mancebo trocaram a fumaça da despedida.

— Bem-ido seja o hóspede, como foi bem-vindo à cabana de Araquém.

---

37 Grelha de madeira usada para defumar carne ou peixe. Aqui o pajé manda preparar alimento que ofertará ao Guerreiro branco para a sua viagem de volta [N.E.]

O velho andou até à porta para soltar ao vento uma espessa baforada de tabaco; quando o fumo se dissipou no ar, ele murmurou:

— Jurupari[38] se esconda para deixar passar o hóspede do pajé.

Araquém voltou à rede e dormiu de novo. O mancebo tomou as armas que, chegando, suspendera às varas da cabana, e dispôs-se a partir.

Adiante, seguiu Caubi; a alguma distancia o estrangeiro; logo após, Iracema.

Desceram a colina e entraram na mata sombria. O sabiá do sertão, doce cantor da tarde, escondido nas moitas espessas da ubaia, soltava os prelúdios da suave e triste canção.

A virgem suspirou:

— A tarde é a tristeza do sol. Os dias de Iracema vão ser longas tardes sem manhã, até que venha para ela a grande noite.

O mancebo se voltara. Seu lábio emudeceu, mas os olhos falaram. Uma lágrima correu pela face guerreira, como as umidades que durante os ardores do estio transudam[39] da escarpa dos rochedos.

Caubi, avançado sempre, sumira-se entre a densa ramagem.

O seio da filha de Araquém arfou, como a crista da onda que se franja de espuma e soluça. Mas sua alma, negra de tristura, teve ainda um pálido reflexo para iluminar a seca flor das faces.

Assim, em noite escura vem um fogo-fátuo, luzir nas brancas areias do tabuleiro.

— Estrangeiro, toma o último sorriso de Iracema. . . e foge!

A boca do guerreiro pousou na boca mimosa da virgem. Ficaram ambos assim unidos como dois frutos gêmeos do araçá, que saíram do seio da mesma flor.

A voz de Caubi chamou o estrangeiro. Para não cair, Iracema abraçou o tronco de uma palmeira.

---

38 Deus criador e protetor da natureza e dos animais, e também é associado aos ritos de iniciação masculina [N.E.]

39 Vertem [N.E.]

10

Na cabana silenciosa medita o velho pajé.

Iracema está apoiada no tronco rude, que serve de esteio. Os grandes olhos negros, fitos nos recortes da floresta e rasos de pranto, estão naqueles olhares longos e trêmulos enfiando e desfiando os alfajores das lágrimas, que orvalham as faces[40].

A ará, pousada no jirau fronteiro, alonga para sua formosa senhora os verdes tristes olhos. Desde que o guerreiro branco pisou a terra dos tabajaras, Iracema a esqueceu.

Os róseos lábios da virgem não se abriram mais para que ela colhesse entre eles a polpa da fruta ou a papa do milho verde; nem a doce mão a afagara uma só vez, alisando a dourada penugem da cabeça.

---

40 A palavra "alfajores" é utilizada de forma figurada para descrever as lágrimas que escorrem pelo rosto da personagem, comparando-as a pequenos biscoitos redondos que se desfazem ao serem desfiados. A imagem sugere uma certa fragilidade e delicadeza, como se as lágrimas fossem algo que se desfaz facilmente, assim como os alfajores [N.E.]

Se repetia o terno nome da senhora, o sorriso de Iracema já não se voltava para ela, nem o ouvido parecia escutar a voz da companheira e amiga, que dantes tão suave era ao seu coração.

Triste dela! A gente tupi a chamava jandaia, porque sempre alegre estrugia os campos com seu canto fremente. Mas agora, triste e muda, desdenhada de sua senhora, não parecia mais a linda jandaia, e sim o feio urutau[41] que somente sabe gemer.

O sol remontou a encosta das serras; seus raios douravam apenas o viso das eminências.

A surdina melancólica da tarde, precedendo o silêncio da noite, começava de velar os rumores do campo. Uma ave noturna, talvez iludida com a sombra mais espessa do bosque, desatou o estrídulo[42].

O velho ergueu a fronte calva:

— Foi o canto da inhuma[43] que acordou o ouvido de Araquém? — disse ele admirado.

A virgem estremecera, e já fora da cabana, voltou-se, para responder à pergunta do pajé:

— É o grito de guerra do guerreiro Caubi!

Quando o segundo pio da inhuma ressoou, Iracema corria na mata como a corça perseguida pelo caçador. Só respirou chegando à campina, que recortava o bosque, como um grande lago.

Quem seus olhos primeiro viram, Martim, estava tranquilamente sentado em uma sapopema[44], olhando o que passava ali. Contra ele, cem guerreiros tabajaras, com Irapuã à frente, formavam arco. O bravo Caubi os afrontava a todos, com o olhar cheio de ira e as armas valentes empunhadas na mão robusta.

O chefe exigira a entrega do estrangeiro, e o guia respondera simplesmente:

---

41 Ave noturna. Existe uma lenda de que seu canto seja um presságio de morte [N.E.]

42 Som agudo e penetrante [N.E.]

43 Ave noturna, que comumente, canta à meia-noite [N.E.]

44 Raízes das árvores [N.E.]

— Matai Caubi antes.

A filha do pajé passara como uma flecha, pondo-se diante de Martim, opondo também seu corpo gentil aos golpes dos guerreiros. Irapuã soltou o bramido da onça atacada na gruta.

— Filha do pajé — disse Caubi em voz baixa. — Conduz o estrangeiro à cabana: só Araquém pode salvá-lo.

Iracema voltou-se para o guerreiro branco:

— Vem!

Ele ficou imóvel.

— Se tu não vens — disse a virgem —, Iracema morrerá contigo.

Martim ergueu-se; mas longe de seguir a virgem, caminhou na direção de Irapuã. Sua espada flamejou no ar.

— Os guerreiros de meu sangue, chefe, jamais recusaram combate. Se aquele que tu vês não foi o primeiro a provocá-lo, é porque seus pais lhe ensinaram a não derramar sangue na terra hospedeira.

O chefe tabajara rugiu de alegria; sua mão possante brandiu o tacape. Mas os dois campeões mal tiveram tempo de medir-se com os olhos; quando fendiam o primeiro golpe, já Caubi e Iracema estavam entre eles.

A filha de Araquém inutilmente rogava ao cristão, e em vão o cingia nos braços buscando arrancá-lo ao combate. De seu lado, Caubi, igualmente em vão, provocava Irapuã para atrair a si a raiva do chefe.

A um gesto de Irapuã, os guerreiros afastaram os dois irmãos; o combate prosseguiu.

De repente o rouco som da trombeta reboou pela mata; os filhos da serra estremeceram, reconhecendo o estrídulo do búzio[45] guerreiro dos pitiguaras, senhores das praias ensombradas de coqueiros. O eco vinha da grande taba, que o inimigo talvez assaltava já.

Os guerreiros precipitaram levando por diante o chefe. Com o estrangeiro só ficou a filha de Araquém.

45 Concha utilizada como instrumento de sopro [N.E.]

11

Os guerreiros tabajaras, acorridos à taba, esperavam o inimigo diante da calçara[46].

Não vindo ele, saíram a buscá-lo.

Bateram as matas em torno e percorreram os campos; nem vestígios encontraram da passagem dos pitiguaras; mas o conhecido frêmito do búzio das praias tinha ressoado ao ouvido dos guerreiros da montanha; não havia dúvidas.

Suspeitou Irapuã que fosse um ardil da filha de Araquém para salvar o estrangeiro, e caminhou direito à cabana do pajé. Como trota o guará pela orla da mata, quando vai seguindo o rastro da presa escápula, assim apressava o passo o sanhudo guerreiro.

Araquém viu entrar em sua cabana o grande chefe da nação tabajara, e não se moveu. Sentado na rede, com as pernas cruzadas, escutava Iracema. A virgem referia os sucessos da tarde; avistando a figura sinistra de Irapuã, saltou sobre o arco e uniu-se ao flanco do jovem guerreiro branco.

---

46 Acumulado de pedras [N.E.]

Martim a afastou docemente de si, e promoveu o passo.

A proteção, de que o cercava a ele guerreiro, a virgem tabajara, o desgostava.

— Araquém, a vingança dos tabajaras espera o guerreiro branco; Irapuã veio buscá-lo.

— O hóspede é amigo de Tupã: quem ofender o estrangeiro, ouvirá rugir o trovão.

— O estrangeiro foi quem ofendeu a Tupã, roubando sua virgem, que guarda os sonhos da jurema.

— Tua boca mente como o ronco da jiboia! — exclamou Iracema.

Martim disse:

— Irapuã é vil e indigno de ser chefe de guerreiros valentes!

O pajé falou grave e lento:

— Se a virgem abandonou ao guerreiro branco a flor de seu corpo, ela morrerá; mas o hóspede de Tupã é sagrado; ninguém o ofenderá; Araquém o protege.

Bramiu Irapuã; o grito rouco troou nas arcas do peito, como o frêmito da sucuri na profundeza do rio.

— A raiva de Irapuã não pode mais ouvir-te, velho pajé! Caia ela sobre ti, se ousares subtrair o estrangeiro à vingança dos tabajaras.

O velho Andira, irmão do pajé, entrou na cabana; trazia no punho o terrível tacape, e nos olhos uma sanha ainda mais terrível.

— O morcego vem te chupar o sangue, Irapuã, se é que tens sangue e não lama nas veias, tu que ameaças em sua cabana o velho pajé.

Araquém afastou o irmão.

— Paz e silêncio, Andira.

O pajé desenvolvera a alta e magra estatura, como a caninana[47] assanhada, que se enrista sobre a cauda, para afrontar a vítima em face. Afundaram-lhe as rugas; e repuxando as peles secas, esbugalharam os dentes alvos e afilados:

---

47 Cobra da família *Colubridae*, encontrada em várias regiões do Brasil. Ela é conhecida por sua habilidade de erguer-se sobre a cauda para enfrentar sua presa. A caninana é uma cobra não venenosa, mas pode chegar a medir até 2 metros de comprimento e é considerada uma espécie agressiva quando provocada [N.E.]

— Ousa um passo mais, e as iras de Tupã te esmagarão sob o peso desta mão seca e mirrada!

— Neste momento, Tupã não é contigo! — replicou o chefe.

O pajé riu; e seu riso sinistro reboou pelo espaço como o regougo da ariranha.

— Ouve seu trovão e treme em teu seio, guerreiro, como a terra em sua profundeza.

Araquém proferindo essa palavra terrível, avançou até o meio da cabana; ali ergueu a grande pedra e calcou o pé com força no chão; súbito, abriu-se a terra. Do antro profundo saiu um medonho gemido, que parecia arrancado das entranhas do rochedo.

Irapuã não tremeu, nem enfiou de susto; mas sentiu estremecer a luz nos olhos, e a voz nos lábios.

— O senhor do trovão é por ti; o senhor da guerra será por Irapuã — disse o chefe.

O torvo guerreiro deixou a cabana; passos depois, seu grande vulto mergulhou nas sombras do crepúsculo.

O pajé e seu irmão travaram a prática[48] na porta da cabana.

Ainda surpreso do que vira, Martim não tirava os olhos da funda cava, que a planta do velho pajé abrira no chão da cabana. Um surdo rumor, como o eco das ondas quebrando nas praias, ruidava ali.

Cismava o guerreiro cristão; ele não podia crer que o deus dos tabajaras desse a seu sacerdote tamanho poder.

Percebendo o que passava n'alma do estrangeiro, Araquém acendeu o cachimbo e travou do maracá:

— É tempo de aplacar as iras de Tupã, e calar a voz do trovão.

Disse e partiu da cabana.

Iracema achegou-se então do mancebo; levava os lábios em riso, os olhos em júbilo:

— O coração de Iracema está como o abati n'água do rio[49]. Ninguém fará mal ao guerreiro branco na cabana de Araquém.

---

48 Conversaram [N.E.]

49 Abati n'água do rio é uma metáfora para expressar felicidade, alegria [N.E.]

— Arreda-te do inimigo, virgem dos tabajaras — respondeu o estrangeiro com aspereza de voz.

Voltando brusco para o lado oposto, furtou o semblante aos olhos ternos e queixosos da virgem.

— Que fez Iracema, para que o guerreiro branco desvie seus olhos, como se ela fora o verme da terra?

As falas da virgem ressoaram docemente no coração de Martim. Assim ressoam os murmúrios da aragem nas frondes da palmeira. Teve o mancebo desgosto de si, e pena dela:

— Não ouves tu, virgem formosa? — exclamou ele, apontando para o antro vibrante no chão.

— É a voz de Tupã!

— Teu deus falou pela boca do pajé: "Se a virgem de Tupã abandonar ao estrangeiro a flor de seu corpo, ela morrerá!"

Iracema pendeu a fronte abatida:

— Não é a voz de Tupã que ouve teu coração, guerreiro de longes terras, é o canto da virgem loura, que te chama!

O rumor estranho que saía das profundezas da terra apagou-se de repente: fez-se na cabana tão grande silêncio, que ouvia-se pulsar o sangue na artéria do guerreiro, e tremer o suspiro no lábio da virgem.

12

O dia enegreceu; era noite já.

O pajé tornara à cabana; sopesando de novo a grossa laje, fechou com ela a boca do antro. Caubi chegara também da grande taba, onde com seus irmãos guerreiros, se recolhera depois que bateram a floresta, em busca do inimigo pitiguara.

No meio da cabana, entre as redes armadas em quadro, estendeu Iracema a esteira da carnaúba, e sobre ela serviu os restos da caça, e a provisão de vinhos da última lua. Só o guerreiro tabajara achou sabor na ceia, porque o fel do coração que a tristeza espreme não amargurara seu lábio.

O pajé enchia o cachimbo da erva de Tupã; o estrangeiro respirava o ar puro da noite para refrescar o sangue efervescente, a virgem destilava sua alma como o mel de um favo nos frequentes soluços que lhe estalavam entre os lábios trêmulos.

Já partiu Caubi para a grande taba; o pajé traga as baforadas do fumo, que prepara o mistério do rito sagrado.

Levanta-se no ressono da noite um grito vibrante, que remonta ao céu.

Ergue Martim a fronte e inclina o ouvido. Outro clamor semelhante ressoa. O guerreiro murmura, que o ouça a virgem e só ela:

— Escutou, Iracema, cantar a gaivota?

— Iracema escutou o grito de uma ave que ela não conhece.

— É a atiati, a garça do mar, e tu és a virgem da serra, que nunca desceu às alvas praias onde arrebentam as ondas.

— As praias são dos pitiguaras, senhores das palmeiras.

Os guerreiros da grande nação que habitava as bordas do mar, se chamavam a si mesmos pitiguaras, senhores dos vales; mas os tabajaras, seus inimigos, por escárnio os apelidavam *potiguaras*, comedores de camarão.

Temeu Iracema ofender o guerreiro branco; por isso falando dos pitiguaras, não lhes recusou o nome guerreiro que eles haviam tomado para si.

O estrangeiro reteve por um instante a palavra no lábio prudente, enquanto refletia:

— O canto da gaivota é o grito de guerra do valente Poti, amigo de teu hóspede!

A virgem estremeceu por seus irmãos. A fama do bravo Poti, irmão de Jacaúna, subiu das ribeiras do mar ao cimo da Ibiapaba; rara é a cabana onde já não rugiu contra ele o grito da vingança, porque cada golpe do válido tacape deitou um guerreiro tabajara em seu camucim.

Cuidou Iracema que Poti vinha à frente de seus guerreiros para livrar o amigo. Era ele sem dúvida que fizera retroar o búzio das praias, no momento do combate. Foi com um tom misturado de doçura e tristeza que replicou:

— O estrangeiro está salvo; os irmãos de Iracema vão morrer, porque ela não falará.

— Despede essa tristeza de tua alma. O estrangeiro partindo-se de teus campos, virgem tabajara, não deixará neles rastro de sangue, como o tigre faminto.

Iracema tomou a mão do guerreiro branco e beijou-a.

— Teu sorriso, filha do pajé, apagou a lembrança do mal que eles me querem.

Martim ergueu-se e caminhou para a porta.

— Onde vai o guerreiro branco?

— Ao encontro de Poti.

— O hóspede de Araquém não pode sair desta cabana, porque os guerreiros de Irapuã o matarão.

— Um guerreiro só pede proteção a Deus e a suas armas. Não carece que o defendam os velhos e as mulheres.

— Que vale um guerreiro só contra mil guerreiros? Valente e forte é o tamanduá, que morde os gatos selvagens por serem muitos e o acabam. Tuas armas só chegam até onde mede a sombra de teu corpo; as armas deles voam alto e direito como o gavião

— Todo o guerreiro tem seu dia.

— Não queres tu que morra Iracema, e queres que ela te deixe morrer!

Martim ficou perplexo.

— Iracema irá ao encontro do chefe pitiguara e trará a seu hóspede as falas do guerreiro amigo.

Enfim, saiu o pajé da sua contemplação. O maracá rugiu-lhe na destra; tiniram os guizos com o passo hirto e lento.

Chamou ele a filha de parte:

— Se os guerreiros de Irapuã vierem contra a cabana, levanta a pedra e esconde o estrangeiro no seio da terra.

— O hóspede não deve ficar só; espere que volte Iracema. Ainda não cantou a inhuma.

Tornou a sentar-se na rede o velho. A virgem partiu, cerrando a porta da cabana.

13

Avança a filha de Araquém nas trevas; para e escuta. O grito da gaivota ressoa pela terceira vez em seu ouvido; vai direito ao lugar de onde partiu; chega à borda de um tanque; seu olhar investiga a escuridão, e nada vê do que busca.

A voz terna, débil como sussurro de colibri, murmura:

— Guerreiro Poti, teu irmão branco te chama pela boca de Iracema.

Só o eco respondeu-lhe.

— A filha de teus inimigos vem a ti, porque o estrangeiro te ama, e ela ama o estrangeiro.

Fendeu-se a lisa face do lago e um vulto se mostra, que nada para a margem, e surge fora.

— Foi Martim, que te mandou, pois tu sabes o nome de Poti, seu irmão na guerra.

— Fala, chefe pitiguara; o guerreiro branco espera.

— Torna a ele e diz que Poti é chegado para o salvar.

— Ele sabe; e mandou-me a ti.

— As falas de Poti sairão de sua boca para o ouvido de seu irmão.

— Espera então que Araquém parta e a cabana fique deserta; eu te guiarei à presença do estrangeiro.

— Nunca, filha dos tabajaras, um guerreiro pitiguara passou a soleira da cabana inimiga, se não foi como vencedor. Conduz aqui o guerreiro do mar.

— A vingança de Irapuã fareja em roda da cabana de Araquém. Trouxe o irmão do estrangeiro bastantes guerreiros pitiguaras para o defender e salvar?

Poti refletiu:

— Conta, virgem das serras, o que sucedeu em teus campos depois que a eles chegou o guerreiro do mar.

Referiu Iracema como a cólera de Irapuã se havia assanhado contra o estrangeiro, até que a voz de Tupã, chamada pelo pajé, tinha acalmado seu furor:

— A raiva de Irapuã é como a andira[50]: foge da luz e voa nas trevas.

A mão de Poti cerrou súbito os lábios da virgem; sua fala parecia um sopro:

— Suspende a voz e o respiro, virgem das florestas; o ouvido inimigo escuta na sombra.

As folhas creditavam de manso, como se por elas passasse a fragueira nambu. Um rumor, partido da orla da mata, vinha discorrendo pelo vale.

O valente Poti, resvalando pela relva, como o ligeiro camarão, de que ele tomara o nome e a viveza, desapareceu no lago profundo. A água não soltou um murmúrio, e cerrou sobre ele sua onda límpida.

Voltou Iracema à cabana; em meio do caminho perceberam seus olhos as sombras de muitos guerreiros que rojavam pelo chão como a intanha[51].

Vendo-a entrar, Araquém partiu.

---

50 Morcego [N.E.]

51 Espécie de sapo, com dois pequenos chifres que se ouriçam quando ameaçado [N.E.]

A virgem tabajara contou a Martim o que ouvira de Poti; o guerreiro cristão ergueu-se de um ímpeto para correr em defesa de seu irmão pitiguara. Cingiu-lhe Iracema o colo com os lindos braços:

— O chefe não carece de ti: ele é filho das águas; as águas o protegem. Mais tarde o estrangeiro escutará as falas do amigo.

— Iracema, é tempo que teu hóspede deixe a cabana do pajé e os campos dos tabajaras. Ele não tem medo dos guerreiros de Irapuã: tem medo dos olhos da virgem de Tupã.

— Estes fugirão de ti.

— Fuja deles o estrangeiro, como o oitibó foge da estrela da manhã.

Martim promoveu o passo.

— Vai, guerreiro ingrato; vai matar teu irmão primeiro, depois a ti. Iracema te seguirá até aos campos alegres onde vão as sombras dos que morrem.

— Matar meu irmão, dizes tu, virgem cruel.

— Teu rastro guiará o inimigo aonde se oculta o guerreiro do vale.

O cristão estacou em meio da cabana; e ali permaneceu mudo e imóvel. Iracema, receosa de fitá-lo, punha os olhos na sombra do guerreiro que a chama projetava na vetusta parede da cabana.

O cão felpudo, deitado no borralho, deu sinal de que se aproximava gente amiga. A porta entrelaçada com talos da carnaúba foi aberta por fora. Caubi entrou.

— O cauim perturbou o espírito dos guerreiros; eles vêm contra o estrangeiro.

A virgem ergueu-se de um ímpeto:

— Levanta a pedra que fecha a garganta de Tupã, para que ela esconda o estrangeiro.

O guerreiro tabajara, sopesando a laje enorme, emborcou-a no chão.

— Filho de Araquém, deita-te na porta da cabana, e nunca mais te levantes da terra, se um guerreiro passar por cima de teu corpo

Caubi obedeceu; a virgem cerrou a porta.

Decorreu breve trato. Ressoa perto o estrondo dos guerreiros; travam-se as vozes iradas de Irapuã e Caubi,

— Eles vêm; mas Tupã salvará seu hóspede.

Nesse instante, como se o deus do trovão ouvisse as palavras de sua virgem, o antro, mudo em princípio, retroou surdamente.

— Ouve! E a voz de Tupã!

Iracema cerra a mão do guerreiro e o leva à borda do antro. Somem-se ambos nas entranhas da terra.

14

Os guerreiros tabajaras, excitados com as copiosas libações do espumante cauim, se inflamam à voz de Irapuã, que tantas vezes os guiou ao combate, quantas à vitória.

Aplaca o vinho a sede do corpo, mas acende outra sede maior na alma feroz. Rugem vinganças contra o estrangeiro audaz, que, afrontando suas armas, ofende o deus de seus pais e o chefe de guerra, o primeiro varão tabajara.

Lá tripudiam de furor, e arremetem pelas sombras; a luz vermelha do ubiratã[52], que brilha ao longe, os guia à cabana de Araquém. De espaço em espaço erguem-se do chão os que primeiro vieram para vigiar o inimigo.

— O pajé está na floresta! — murmuram eles.

— E o estrangeiro? — pergunta Irapuã.

— Na cabana com Iracema.

Lança o grande chefe terrível salto; já é chegado à porta da cabana, e com ele seus valentes guerreiros.

52 Árvore pau-ferro; madeira dura [N.E.]

O vulto de Caubi enche o vão da porta; suas armas guardam diante dele o espaço de um bote do maracajá[53].

— Vis guerreiros são aqueles que atacam em bando como os caititus[54]. O jaguar, senhor da floresta, e o gavião, senhor das nuvens, combatem só o inimigo.

— Morda o pó a boca torpe que levanta a voz contra o mais valente guerreiro dos guerreiros tabajaras.

Proferidas estas palavras, ergue o braço de Irapuã o rígido tacape, mas estaca no ar; as entranhas da terra outra vez rugem, como rugiram, quando Araquém acordou a voz tremenda de Tupã.

Levantam os guerreiros medonho alarido, e cercando seu chefe, o arrebatam ao funesto lugar e à cólera de Tupã, à eles direcionada.

Caubi estende-se de novo na soleira da porta; seus olhos adormecem; mas o ouvido sutil vela no sono.

Emudeceu a voz de Tupã.

Iracema e o cristão, perdidos nas entranhas da terra, descem a gruta profunda. Súbito, uma voz que vinha reboando pela crasta[55], encheu seus ouvidos:

— O guerreiro do mar escuta a fala de seu irmão?

— É Poti, o amigo de teu hóspede — disse o cristão para a virgem.

Iracema estremeceu:

— Ele fala pela boca de Tupã.

Martim respondeu enfim ao pitiguara.

— As falas de Poti entram n'alma de seu irmão.

— Nenhum outro ouvido escuta?

— Os da virgem que duas vezes em um sol defendeu a vida de teu irmão!

— A mulher é fraca, o tabajara traidor, e o irmão de Jacaúna prudente.

Iracema suspirou e pousou a cabeça no peito do mancebo:

---

53 Gato selvagem [N.E.]

54 Porco-do-mato [N.E.]

55 Galeria [N.E.]

— Senhor de Iracema, cerra seus ouvidos para que ela não ouça.

Martim repeliu docemente a gentil fronte:

— Fale o chefe pitiguara; só o escutam ouvidos amigos e fiéis.

— Tu ordenas, Poti fala. Antes que o sol se levante na serra, o guerreiro do mar deve partir para as margens do ninho das garças; a estrela morta o guiará. Nenhum tabajara o seguirá, porque a trombeta dos pitiguaras rugirá da banda da serra.

— Quantos guerreiros pitiguaras acompanham seu chefe valente?

— Nenhum; Poti veio só. Quando os espíritos maus das florestas separaram o guerreiro do mar de seu irmão, Poti veio em seguimento do rastro. Seu coração não deixou que voltasse para chamar os guerreiros de sua taba; mas despediu o cão fiel ao grande Jacaúna.

— O chefe pitiguara está só; não deve rugir a trombeta que chamará contra si todos os guerreiros tabajaras.

— Assim é preciso para salvar o irmão branco; Poti zombará de Irapuã, como zombou quando combatiam cem contra ti.

A filha do pajé que ouvia calada, debruçou-se ao ouvido do cristão:

— Iracema quer te salvar e a teu irmão; ela tem seu pensamento. O chefe pitiguara é valente e audaz; Irapuã é manhoso e traiçoeiro como a acauã. Antes que chegues à floresta, cairás; e teu irmão da outra banda cairá contigo.

— Que fará a virgem tabajara para salvar o estrangeiro e seu irmão? — perguntou Martim.

— A lua das flores vai nascer. É o tempo da festa, em que os guerreiros tabajaras passam a noite no bosque sagrado, e recebem do pajé os sonhos alegres. Quando estiverem todos adormecidos, o guerreiro branco deixará os campos de Ipu, e os olhos de Iracema, mas sua alma, não.

Martim estreitou a virgem ao seio; mas logo a repeliu. O toque de seu corpo, doce como a açucena da mata, e macio como o ninho do beija-flor, magoou seu coração, porque lhe recordou as palavras terríveis do pajé.

A voz do cristão transmitiu a Poti o pensamento de Iracema; o chefe pitiguara, prudente como o tamanduá, pensou e respondeu:

— A sabedoria falou pela boca da virgem tabajara. Poti espera o nascimento da lua.

15

Nasceu o dia e expirou.

Já brilha na cabana de Araquém o fogo, companheiro da noite. Correm lentas e silenciosas no azul do céu, as estrelas, filhas da lua, que esperam a volta da mãe ausente.

Martim se embala docemente; e como a alva rede que vai e vem, sua vontade oscila de um a outro pensamento. Lá o espera a virgem loura dos castos afetos; aqui lhe sorri a virgem morena dos ardentes amores.

Iracema recosta-se lânguida ao punho da rede; seus olhos negros e fúlgidos, ternos olhos de sabiá, buscam o estrangeiro e lhe entram n'alma. O cristão sorri; a virgem palpita; como o saí[56], fascinado pela serpente, vai declinando o lascivo talhe, que se debruça enfim sobre o peito do guerreiro.

Já o estrangeiro a preme ao seio; e o lábio ávido busca o lábio que o espera, para celebrar nesse templo d'alma, o casamento do amor.

---

56 Pássaro azul [N.E.]

No recanto escuro o velho pajé, imerso em funda contemplação e alheio às coisas deste mundo, soltou um gemido doloroso. Pressentira o coração o que não viram os olhos? Ou foi algum funesto presságio para a raça de seus filhos, que assim ecoou n'alma de Araquém?

Ninguém o soube.

O cristão repeliu do seio a virgem indiana. Ele não deixará o rastro da desgraça na cabana hospedeira. Cerra os olhos para não ver; e enche sua alma com o nome e a veneração de seu Deus:

— Cristo! . . . Cristo! . . .

Volta a serenidade ao seio do guerreiro branco, mas todas as vezes que seu olhar pousa sobre a virgem tabajara, ele sente correr-lhe pelas veias uma onda de ardente chama. Assim, quando a criança imprudente revolve o brasido de intenso fogo, saltam as faúlhas inflamadas que lhe incendeiam o corpo.

Fecha os olhos o cristão, mas na sombra de seu pensamento surge a imagem da virgem, talvez mais bela. Inutilmente, chama o sono às pálpebras fatigadas, mas elas se abrem, malgrado seu.

Desce-lhe do céu ao atribulado pensamento uma inspiração.

— Virgem formosa do sertão, esta é a última noite que teu hóspede dorme na cabana de Araquém, onde nunca viera, para teu bem e seu. Faze que seu sono seja alegre e feliz.

— Manda; Iracema te obedece. Que pode ela fazer para tua alegria?

O cristão falou submisso, para que não o ouvisse o velho pajé:

— A virgem de Tupã guarda os sonhos da jurema que são doces e saborosos!

Um triste sorriso pungiu os lábios de Iracema:

— O estrangeiro vai viver para sempre à cintura da virgem branca; nunca mais seus olhos verão a filha de Araquém, e ele já quer que o sono feche suas pálpebras, e que o sonho o leve à terra de seus irmãos!

— O sono é o descanso do guerreiro — disse Martim. — E o sonho a alegria d'alma. O estrangeiro não quer levar consigo a tristeza da terra hospedeira, nem deixá-la no coração de Iracema!

A virgem ficou imóvel.

— Vai, e torna com o vinho de Tupã.

Quando Iracema voltou, já o pajé não estava na cabana; tirou a virgem do seio o vaso que ali trazia oculto sob a carioba[57] de algodão entretecida de penas. Martim lhe arrebatou das mãos, e sorveu as gotas do verde e amargo licor.

Agora podia viver com Iracema, e colher em seus lábios o beijo, que ali viçava entre sorrisos, como o fruto na corola da flor. Podia amá-la, e sugar desse amor o mel e o perfume, sem deixar veneno no seio da virgem.

O gozo era vida, pois o sentia mais forte e intenso; o mal era sonho e ilusão, que da virgem não possuía senão a imagem.

Iracema afastara-se oprimida e suspirosa.

Abriram-se os braços do guerreiro adormecido e seus lábios; o nome da virgem ressoou docemente.

A juruti, que divaga pela floresta, ouve o terno arrulho do companheiro; bate as asas, e voa a conchegar-se ao tépido ninho. Assim, a virgem do sertão aninhou-se nos braços do guerreiro.

Quando veio a manhã, ainda achou Iracema ali debruçada, qual borboleta que dormiu no seio do formoso cacto. Em seu lindo semblante, a vergonha se via pelos vivos rubores em sua face; e como entre os arrebóis[58] da manhã cintila o primeiro raio do sol, em suas faces incendidas rutilava o primeiro sorriso da esposa, aurora de fruído amor.

A jandaia fugira ao romper d'alva e para não tornar mais à cabana.

Vendo Martim a virgem unida ao seu coração, cuidou que o sonho continuava; cerrou os olhos para torná-los a abrir.

A pocema dos guerreiros, troando pelo vale, o arrancou ao doce engano; sentiu que já não sonhava, mas vivia. Sua mão cruel abafou nos lábios da virgem o beijo que ali se espanejava.

57 Vestimenta de algodão utilizada por indígenas na época colonial. [N.E.]

58 Vermelhidão do nascer ou pôr do sol [N.E.]

— Os beijos de Iracema são doces no sonho; o guerreiro branco encheu deles sua alma. Na vida, os lábios da virgem de Tupã amargam e doem como o espinho da jurema.

A filha de Araquém escondeu no coração a sua ventura. Ficou tímida e inquieta, como a ave que pressente a borrasca no horizonte. Afastou-se rápida, e partiu.

As águas do rio banharam o corpo casto da recente esposa.

Tupã já não tinha sua virgem na terra dos tabajaras.

16

O alvo disco da lua surgiu no horizonte.

A luz brilhante do sol empalideceu a virgem do céu, como o amor do guerreiro desmaia a face da esposa.

— Jaci!. . . Mãe nossa!. . . — exclamaram os guerreiros tabajaras.

E brandindo os arcos, lançaram ao céu com a chuva das flechas, o canto da lua nova:

Veio no céu a mãe dos guerreiros; já volta o rosto para ver seus filhos.

Ela traz as águas, que enchem os rios e a polpa do caju.

Já veio a esposa do sol; já sorri às virgens da terra, filhas suas.

A doce luz acende o amorno coração dos guerreiros e fecunda o seio da jovem mãe.

Cai a tarde.

Folgam as mulheres e os meninos na vasta ocara; os mancebos, que ainda não ganharam nome de guerra por algum feito brilhante, discorrem no vale.

Os guerreiros seguem Irapuã ao bosque sagrado, onde os espera o pajé e sua filha para o mistério da jurema. Iracema já acendeu os fogos da alegria; Araquém está imóvel e arrebatado no seio de uma nuvem de fumo.

Cada guerreiro que chega depõe a seus pés uma oferenda a Tupã. Um traz a suculenta caça; outro a farinha-d'água; aquele outro, o saboroso piracém da traíra[59]. O velho pajé, para quem estas dádivas são direcionadas, as recebe com desdém.

Quando estavam todos sentados em torno do grande fogo, o ministro de Tupã ordena o silêncio com um gesto, e três vezes clamando o nome terrível, enche-se do deus, que o habita:

— Tupã! . . . Tupã! . . . Tupã! . . .

De gruta em gruta, o eco ao longe repercutiu.

Vem Iracema com a igaçaba cheia do verde licor. Araquém decreta os sonhos a cada guerreiro, e distribui o vinho da jurema, que transporta ao céu o valente tabajara.

Este, grande caçador, sonha que os veados e as pacas correm de encontro às suas flechas para se traspassarem nelas; fatigado por fim de ferir, cava na terra o bucâ[60], e assa tamanha quantidade de caça, que mil guerreiros em um ano não acabaram de comer.

Outro, fogoso em amores, sonha que as mais belas virgens tabajaras deixam a cabana de seus pais e o seguem, cativas de seu querer. Nunca a rede de chefe algum embalou mais voluptuosas carícias, do que ele frui naquele êxtase.

O herói sonha tremendas lutas e horríveis combates, de que sai vencedor, cheio de glória e fama. O velho renasce na prole numerosa, e como o seco tronco de onde rebenta nova e robusta sebe, ainda cobre-se de flores.

Todos sentem a felicidade tão viva e continua, que no espaço da noite cuidam viver muitas luas. As bocas murmuram; o gesto fala; e o pajé, que tudo escuta e vê, colhe o segredo no íntimo d'alma.

---

59 Prato típico indígena a base de peixe traíra seco [N.E.]

60 Grelha que alguns povos indígenas faziam para assar a caça [N.E.]

Iracema, depois que ofereceu aos chefes o licor de Tupã, saiu do bosque. Não permitia o rito que ela assistisse ao sono dos guerreiros e ouvisse falar os sonhos.

Foi dali direito à cabana, onde a esperava Martim:

— Toma tuas armas, guerreiro branco. É tempo de partir.

— Leva-me onde está Poti, meu irmão.

A virgem caminhou para o vale; o cristão a seguiu. Chegaram à fenda do rochedo, que morria à beira do tanque, em um maciço de verdura.

— Chama teu irmão!

Soltou Martim o grito da gaivota. A pedra que fechava a entrada da gruta caiu; e o vulto do guerreiro Poti apareceu na sombra.

Os dois irmãos encostaram a fronte na fronte e o peito no peito, para exprimir que não tinham ambos mais que uma cabeça e um coração.

— Poti está contente porque vê seu irmão, que o mau espírito da floresta arrebatou de seus olhos.

— Feliz é o guerreiro que tem ao flanco um amigo como o bravo Poti; todos os guerreiros o invejarão.

Iracema suspirou, pensando que a afeição do pitiguara bastava à felicidade do estrangeiro.

— Os guerreiros tabajaras dormem. A filha de Araquém vai guiar os estrangeiros.

Seguiu a virgem adiante; os dois guerreiros após. Quando tinham andado o espaço que transpõe a garça de um voo, o chefe pitiguara tornou-se inquieto e murmurou ao ouvido do cristão:

— Manda à filha do pajé que volte à cabana de seu pai. Ela demora a marcha dos guerreiros.

Martim estremeceu; mas a voz da prudência e da amizade penetrou em seu coração. Avançou para Iracema, e tirou do seio a voz mais terna para acalentar a saudade da virgem:

— Quanto mais afunda a raiz da planta na terra, mais custa arrancá-la. Cada passo de Iracema no caminho da partida é uma raiz que lança no coração de seu hóspede.

— Iracema quer te acompanhar até onde acabam os campos dos tabajaras, para voltar com o sossego em seu coração.

Martim não respondeu. Continuaram a caminhar, e com eles caminhava a noite; as estrelas desmaiaram, e a frescura da alvorada alegrou a floresta. As roupas da manhã, alvas como o algodão, apareceram no céu.

Poti olhou a mata e parou. Martim compreendeu e disse a Iracema:

— Teu hóspede já não pisa os campos dos tabajaras. É o instante de separar-te dele.

17

Iracema pousou a mão no peito do guerreiro branco:

— A filha dos tabajaras já deixou os campos de seus pais; agora pode falar.

— Que segredo guardas em teu seio, virgem formosa do sertão?

— Iracema não pode mais separar-se do estrangeiro.

— Assim é preciso, filha de Araquém. Torna à cabana de teu velho pai, que te espera.

— Araquém já não tem filha.

Martim tornou com gesto rude e severo:

— Um guerreiro de minha raça jamais deixou a cabana do hóspede viúva de sua alegria. Araquém abraçará sua filha, para não amaldiçoar o estrangeiro ingrato.

Curvou a virgem a fronte; velando-se com as longas tranças negras que se espargiam pelo colo, cruzando na altura dos seios os lindos braços, recolheu em seu pudor. Assim o róseo cacto, que já desabrochou em linda flor, cerra em botão o seio perfumado.

— Iracema te acompanhará, guerreiro branco, porque ela já é tua esposa.

Martim estremeceu.

— Os maus espíritos da noite turbaram o espírito de Iracema.

— O guerreiro branco sonhava, quando Tupã abandonou sua virgem. A filha do pajé traiu o segredo da jurema.

O cristão escondeu as faces à luz.

— Deus!. . . — clamou seu lábio trêmulo.

Permaneceram ambos mudos e imóveis.

Afinal disse Poti:

— Os guerreiros tabajaras despertam.

O coração da virgem, como o do estrangeiro, ficou surdo à voz da prudência. O sol levantou-se no horizonte, e seu olhar majestoso desceu dos montes à floresta. Poti, de pé, mudo e imóvel, como um tronco decepado, esperou que seu irmão quisesse partir.

Foi Iracema quem primeiro falou:

— Vem; enquanto não pisares as praias dos pitiguaras, tua vida corre perigo.

Martim seguiu silencioso a virgem, que fugia entre as árvores como a selvagem cutia. A tristeza lhe despedaçava o coração; mas a onda de perfumes que deixava na brisa a passagem da formosa tabajara, instigava o amor no seio do guerreiro. Seu passo era lento, o peito lhe ofegava.

Poti cismava. Em sua cabeça de mancebo morava o espírito de um abaeté[61]. O chefe pitiguara pensava que o amor é como o cauim, o qual bebido com moderação, fortalece o guerreiro, e tomado em excesso, abate a coragem do herói. Ele sabia quanto era veloz o pé do tabajara; e esperava o momento de morrer defendendo o amigo.

Quando as sombras da tarde entristeciam o dia, o cristão parou no meio da mata. Poti acendeu o fogo da hospitalidade. A virgem desdobrou a alva rede de algodão franjada de penas de tucano, e suspendeu-a aos ramos da árvore:

---

61 Homem íntegro, de palavra [N.E.]

— Esposo de Iracema, tua rede te espera.

A filha de Araquém foi sentar-se longe, na raiz de uma árvore, como a cerva solitária, que o ingrato companheiro afugentou do abrigo. O guerreiro pitiguara desapareceu na espessura da folhagem.

Martim ficou mudo e triste, semelhante ao tronco d'árvore a que o vento arrancou o lindo cipó que o entrelaçava. A brisa, perpassando, levou um murmúrio:

— Iracema!

Era o balido do companheiro; a cerva, encolhendo-se, ganhou o doce acalento.

A floresta destilava suave fragrância e exalava arpejos harmoniosos; os suspiros do coração se difundiram nos sussurros do deserto. Foi a festa do amor e o canto do himeneu.

Já a luz da manhã coou na selva densa. A voz grave e sonora de Poti repercutiu no sussurro da mata:

— O povo tabajara caminha na floresta!

Iracema arrancou-se dos braços que a cingiam e do lábio que a tinha cativa; saltando da rede como a rápida zabelê[62], travou das armas do esposo e levou-o através da mata.

De espaço a espaço, o prudente Poti escutava as entranhas da terra; sua cabeça movia-se pesada de um a outro lado, como a nuvem que se balança no cocuruto do rochedo, aos vários lufos da próxima borrasca.

— O que escuta o ouvido do guerreiro Poti?

— Escuta o passo veloz do povo tabajara. Ele vem como tapir[63] rompendo a floresta.

— O guerreiro pitiguara é a ema que voa sobre a terra; nós o seguiremos como suas asas — disse Iracema.

O chefe sacudiu de novo a fronte:

— Enquanto o guerreiro do mar dormia, o inimigo correu. Os que primeiro partiram já avançam além, como as pontas do arco.

---

62 Ave brasileira também conhecida como *Jaó* [N.E.]

63 Anta [N.E.]

A vergonha mordeu o coração de Martim:

— Fuja o chefe Poti e salve Iracema. Só deve morrer o guerreiro mau, que não escutou a voz de seu irmão e o pedido de sua esposa.

Martim arrepiou o passo.

— Não foi a alma do guerreiro do mar que falou. Poti e seu irmão só têm uma vida.

O lábio de Iracema não falou; sorriu.

18

Treme a selva com o estrondo da carreira do povo tabajara. O grande Irapuã, primeiro, assoma entre as árvores. Seu olhar avermelhado viu o guerreiro branco entre nuvens de sangue; o ronco bravio do tigre rompe de seu peito cavernoso.

O chefe tabajara e seu povo iam precipitar-se sobre os fugitivos, como a onda encapelada que arrebenta no Mocoripe[64].

Eis que late o cão selvagem.

O amigo de Martim solta o grito da alegria:

— O cão de Poti guia os guerreiros de sua taba em socorro teu.

O rouco búzio dos pitiguaras ecoa pela floresta. O grande Jacaúna, senhor das praias do mar, chegava do rio das garças com seus melhores guerreiros.

Os pitiguaras recebem o primeiro ímpeto do inimigo nas pontas eriçadas de suas flechas, que eles despedem do arco aos molhos, como

---

64 Morro de areia na enseada de mesmo nome, próximo à Fortaleza [N.E.]

o cuandu[65] os espinhos do seu corpo. Logo após soada a pocema, estreita-se o espaço, e a luta se trava face a face.

Jacaúna atacou Irapuã. Prossegue o horrível combate que bastara a dez bravos, e não esgotou ainda a força dos grandes chefes. Quando os dois tacapes se encontram, a batalha toda estremece como um só guerreiro, até às entranhas.

O irmão de Iracema veio direito ao estrangeiro, que arrancara a filha de Araquém à cabana hospitaleira; o faro da vingança o guia; a vista da irmã assanha a raiva em seu peito. O guerreiro Caubi assalta com furor o inimigo.

Iracema, unida ao flanco de seu guerreiro e esposo, viu de longe Caubi e falou assim:

— Senhor de Iracema, ouve o rogo de tua escrava; não derrama o sangue do filho de Araquém. Se o guerreiro Caubi tem de morrer, morra ele por esta mão, não pela tua.

Martim pôs no rosto da virgem olhos de horror:

— Iracema matará seu irmão?

— Iracema antes quer que o sangue de Caubi tinja sua mão que a tua; porque os olhos de Iracema veem a ti, e a ela não.

Travam a luta os guerreiros. Caubi combate com furor; o cristão defende-se apenas; mas a seta embebida no arco da esposa guarda a vida do guerreiro contra os botes do inimigo.

Poti já prostrou o velho Andira e quantos guerreiros topou na luta seu válido tacape. Martim lhe abandona o filho de Araquém e corre sobre Irapuã.

— Jacaúna é um grande chefe, seu *colar de guerra* [66]dá três voltas ao peito. O tabajara pertence ao guerreiro branco.

— A vingança é a honra do guerreiro, e Jacaúna preza o amigo de Poti.

---

65 Porco-espinho [N.E.]

66 Colar utilizado como troféu pelos guerreiros, composto pelos dentes dos inimigos [N.E.]

O grande chefe pitiguara levou além o formidável tacape. Renhiu-se o combate entre Irapuã e Martim. A espada do cristão batendo na clava do guerreiro, fez-se em pedaços. O chefe tabajara avançou contra o peito inerte do adversário.

Iracema silvou como a boicininga, e se lançou contra a fúria do guerreiro tabajara. A arma rígida tremeu na destra possante do chefe e o braço caiu-lhe desfalecido.

Soava a pocema da vitória. Os guerreiros pitiguaras conduzidos por Jacaúna e Poti varriam a floresta. Fugindo, os tabajaras arrebataram seu chefe ao ódio da filha de Araquém que o podia abater, como a jandaia abate o alto coqueiro, roendo-lhe o cerne.

Os olhos de Iracema, estendidos pela floresta, viram o chão juncado de cadáveres de seus irmãos; e longe, o bando dos guerreiros tabajaras que fugia em nuvem negra de pó. Aquele sangue que enrubescia a terra, era o mesmo sangue brioso que lhe ardia nas faces de vergonha.

O pranto orvalhou seu lindo semblante.

Martim afastou-se para não envergonhar a tristeza de Iracema.

19

Poti voltou de perseguir o inimigo. Seus olhos se encheram de alegria, vendo salvo o guerreiro branco.

O cão fiel o seguia de perto, lambendo ainda nos pelos do focinho os resquícios do sangue tabajara, de que se fartara; o senhor o acariciava satisfeito de sua coragem e dedicação. Fora ele quem salvara Martim, trazendo ali com tanta diligência os guerreiros de Jacaúna.

— Os maus espíritos da floresta podem separar outra vez o guerreiro branco de seu irmão pitiguara. O cão te seguirá daqui em diante, para que mesmo de longe Poti acuda a teu chamado.

— Mas o cão é teu companheiro e amigo fiel.

— Mais amigo e companheiro será de Poti, servindo a seu irmão que a ele. Tu o chamarás Japi, e será o pé ligeiro com que de longe corramos um para o outro.

Jacaúna deu o sinal da partida.

Os guerreiros pitiguaras caminharam para as margens alegres do rio onde bebem as garças; ali se erguia a grande taba dos senhores das várzeas.

O sol deitou-se e de novo se levantou no céu. Os guerreiros chegaram aonde a serra quebrava para o sertão; já tinham passado aquela parte da montanha, que por ser despida de arvoredo e tosquiada como a capivara, a gente de Tupã chamava Ibiapina[67].

Poti levou o cristão onde crescia um frondoso jatobá, que afrontava as árvores do mais alto píncaro da serrania, e quando batido pela rajada, parecia varrer o céu com a imensa copa.

— Neste lugar nasceu teu irmão — disse o pitiguara.

Martim estreitou ao peito o tronco amigo:

— Jatobá, que viste nascer meu irmão Poti, o estrangeiro te abraça.

— O raio te decepe, árvore do guerreiro Poti, quando seu irmão o abandonar.

Depois o chefe assim falou:

— Ainda Jacaúna não era um guerreiro, Jatobá, o maior chefe, conduzia os pitiguaras à vitória. Logo que as grandes águas correram, ele caminhou para a serra. Aqui chegando, mandou levantar a taba, para estar perto do inimigo e vencê-lo mais vezes. A mesma lua que o viu chegar, alumiou a rede onde Saí, sua esposa, lhe deu mais um guerreiro de seu sangue. O luar passava por entre as folhas do jatobá; e o sorriso pelos lábios do varão possante, que tomara seu nome e robustez.

Iracema aproximou-se.

A rola, que marisca na areia; afasta-se o companheiro, voa inquieta de ramo em ramo e arrula para que lhe responda o ausente amigo. Assim, a filha das florestas errara pelas encostas, modulando o singelo e agradável canto.

Martim a recebeu com a alma no semblante; e levando a esposa do lado do coração e o amigo do lado da força, voltou ao rancho dos pitiguaras.

67 Terra pelada [N.E.]

20

A lua cresceu.

Três sóis havia que Martim e Iracema estavam nas terras dos pitiguaras, senhores das margens do Camocim e Acaracu. Os estrangeiros tinham sua rede na vasta cabana de Jacaúna. O valente chefe guardou para si o prazer de hospedar o guerreiro branco.

Poti abandonou sua taba para acompanhar seu irmão de guerra na cabana de seu irmão de sangue, e gozar dos instantes que abundavam para a amizade, no coração do guerreiro do mar.

A sombra já se retirou da face da terra, mas Martim viu que ela não se retirava ainda da face da esposa, desde o dia do combate.

— A tristeza mora n'alma de Iracema!

— A alegria para a esposa só vem de ti; quando teus olhos a deixam, as lágrimas enchem os seus.

— Por que chora a filha dos tabajaras?

— Esta é a taba dos pitiguaras, inimigos de seu povo. A vista de Iracema já conheceu o crânio de seus irmãos espetado na caiçara[68];

---

68 Cerca de madeira que protege ou delimita um terreno [N.E.]

seu ouvido já escutou o canto de morte dos cativos tabajaras; a mão já tocou as armas tintas do sangue de seus pais.

A esposa pousou as duas mãos nos ombros do guerreiro, e reclinou ao peito dele:

— Iracema tudo sofre por seu guerreiro e senhor. A ata[69] é doce e saborosa; mas quando a machucam, azeda. Tua esposa quer que seu amor encha teu coração das doçuras do mel.

— Volte o sossego ao seio da filha dos tabajaras; ela vai deixar a taba dos inimigos de seu povo.

O cristão caminhou para a cabana de Jacaúna. O grande chefe alegrou-se vendo chegar seu hóspede; mas a alegria fugiu logo de sua fronte guerreira. Martim dissera:

— O guerreiro branco parte de tua cabana, grande chefe.

— Alguma coisa te faltou na taba de Jacaúna?

— Nada faltou a teu hóspede. Ele era feliz aqui; mas a voz do coração o chama a outros sítios.

— Então parte e leva o que é preciso para a viagem. Tupã te fortaleça, e traga outra vez à cabana de Jacaúna, para que ele festeje tua boa-vinda.

Poti chegou; sabendo que o guerreiro do mar ia partir, disse:

— Teu irmão te acompanha.

— Os guerreiros de Poti precisam de seu chefe.

— Se tu não queres que eles vão com Poti, Jacaúna os conduzirá à vitória.

— A cabana de Poti ficará deserta e triste.

— Deserto e triste será o coração de teu irmão longe de ti.

O guerreiro do mar deixa as margens do rio das garças, e caminha para as terras onde o sol se deita. A esposa e o amigo seguem sua marcha.

---

69 Fruta do conde [N.E.]

Passam além da fértil montanha, onde a abundância dos frutos criava grande quantidade de mosca, de que lhe veio o nome de Meruoca[70].

Atravessam os campos que banham o rio das garças, e avistam longe no horizonte uma alta serrania. Expira o dia; nuvem negra voa das bandas do mar: são os urubus que pastaram nas praias a carniça, e com a noite voltam ao ninho.

Os viajantes dormem em Uruburetama. Com o segundo sol, chegaram às margens do rio, que nasce na quebrada da serra e desce a planície enroscando-se como uma cobra. Suas voltas contínuas enganam a cada passo o peregrino, que vai seguindo o tortuoso curso; por isso foi chamado Mundaú[71].

Percorrendo as frescas margens, viu Martim no seguinte sol os verdes mares e alvas praias, onde as ondas murmurosas soluçam às vezes e outras raivam de fúria, rebentando em flocos de espuma.

Os olhos do guerreiro branco se dilataram pela vasta imensidade; seu peito suspirou. Esse mar beijava também as brancas areias do Potengi[72], seu berço natal, onde ele vira a luz americana. Arrojou-se nas ondas e pensou banhar seu corpo nas águas da pátria, como banhara sua alma nas saudades dela.

Iracema sentiu que lhe chorava o coração; mas não tardou que o sorriso de seu guerreiro o acalentasse.

Entretanto, Poti do alto da rocha fisgava o saboroso camoropim[73] que brincava na pequena baía do Mundaú; e preparava o moquém para a refeição.

---

70 Serra de Sobral, cujo nome significa casa das moscas [N.E.]

71 Rio tortuoso com nascente na serra de Uruburetana [N.E.]

72 O Rio Potengi é um dos principais rios do estado do Rio Grande do Norte. Inclusive, o nome do estado decorre justamente pela extensão do rio, que também deu nome à capitania à época da colonização [N.E.]

73 Robalo [N.E.]

21

Já descia o sol das alturas do céu.

Chegam os viajantes à foz do rio onde se criam em grande abundância as saborosas traíras, suas praias são povoadas pela tribo dos pescadores, da grande nação dos pitiguaras.

Eles receberam os estrangeiros com a hospitalidade generosa, que era uma lei de sua religião, e Poti com o respeito que merecia tão grande guerreiro, irmão de Jacaúna, maior chefe da forte gente pitiguara.

Para repousar os viajantes e acompanhá-los na despedida, o chefe da tribo tomou Poti, Martim e Iracema na jangada, e abrindo a vela à brisa, levou-os até muito longe na costa.

Os pescadores em suas jangadas seguiam o chefe e atroavam os ares com o canto de saudade e os múrmuros do uraçá[74], que imita os soluços do vento.

---

74 Ave conhecida como gralhão [N.E.]

Além da barra da Piroquara estava mais entrada para as serras das tribos dos caçadores. Eles ocupavam as margens do Soipé[75], cobertas de matas, onde os veados, as gordas pacas e os macios jacus abundavam. Assim, os habitadores dessas margens lhes deram o nome de "país da caça".

O chefe dos caçadores, Jaguaraçu, tinha sua cabana à beira do lago, que forma o rio perto do mar. Aí acharam os viajantes o mesmo agasalho que haviam recebido dos pescadores.

Depois que partiram do Soipé, os viajantes atravessaram o rio Taíba, em cujas margens vagavam bandos de porcos-do-mato; mas adiante, corria o Cauípe, onde se fabricava excelente vinho de caju.

No outro sol, viram um lindo rio que emergia no mar, cavando uma bacia na rocha viva. Além, assomava no horizonte um alto morro de areia que tinha a alvura da espuma do mar. O cabo sobranceiro parece a cabeça calva do condor, esperando ali a borrasca, que vem dos confins do oceano.

— Poti conhece o grande morro das areias? — perguntou o cristão.

— Poti conhece toda a terra que têm os pitiguaras, desde as margens do grande rio, que forma um braço do mar, até à margem do rio onde habita o jaguar. Ele já esteve no alto do Mocoripe, e de lá viu correr no mar as grandes canoas dos guerreiros brancos, teus inimigos, que estão no Mearim.

— Por que chamas tu Mocoripe, ao grande morro das areias?

— O pescador da praia, que vai na jangada, lá onde voa a ati[76], fica triste, longe da terra e de sua cabana, em que dormem os filhos de seu sangue. Quando ele torna e seus olhos primeiro avistam o morro das areias, o prazer volta a seu coração. Por isso ele diz que o morro das areias dá alegria.

— O pescador diz bem; porque teu irmão ficou contente como ele, vendo o monte das areias.

---

75 Lugar de caça. Atualmente diz-se *Suipé*, termo utilizado para nomear o rio e a população da freguesia de Fortaleza, situada às margens dos alagados Jaguarusáu [N.E.]

76 Gaivota [N.E.]

Martim subiu com Poti ao cimo do Mocoripe. Iracema, seguindo com os olhos o esposo, divagava como a jaçanã[77] em torno do lindo seio, que ali fez a terra para receber o mar.

De passagem, ela colhia os doces cajus que aplacam a sede aos guerreiros, e apanhava conchas mimosas para ornar seu colo.

Os viajantes estiveram em Mocoripe três sóis. Depois Martim levou seus passos além. A esposa e o amigo tornaram à embocadura do rio cujas margens eram alagadas e cobertas de mangue. O mar entrando por ele, formava uma bacia cheia de água cristalina, e cavada na pedra como um camucim.

O guerreiro cristão percorrendo essa paragem, começou de cismar. Até ali ele caminhava sem destino, movendo seus passos ao acaso; não tinha outra intenção mais que afastar-se das tabas dos pitiguaras para arrancar a tristeza do coração de Iracema. O cristão sabia por experiência que a viagem acalenta a saudade, porque a alma dorme enquanto o corpo caminha. Agora sentado na praia, pensava.

Veio Poti.

— O guerreiro branco pensa; o seio do irmão está aberto para receber seu pensamento.

— Teu irmão pensa que este lugar é melhor do que as margens do Jaguaribe para a taba dos guerreiros de sua raça. Nestas águas as grandes canoas que vêm de longes terras, se esconderiam do vento e do mar; daqui elas iriam ao Mearim destruir os brancos tapuias[78], aliados dos tabajaras, inimigos de tua nação.

O chefe pitiguara meditou e respondeu:

— Vai buscar teus guerreiros. Poti plantará sua taba junto da mairi[79] de seu irmão.

Aproximava-se Iracema. O cristão com um gesto ordenou silêncio ao chefe pitiguara.

---

77 Ave com plumagem negra e bico amarelado [N.E.]

78 Nome que os pitiguaras deram aos franceses. Tapuia é o mesmo que *inimigo* em Tupi [N.E.]

79 O mesmo que cidade [N.E.]

— A voz do esposo se cala, e seus olhos se abaixam quando chega Iracema. Queres tu que ela se afaste?

— Quer teu esposo que chegues mais perto, para que sua voz e seus olhos penetrem mais dentro de tua alma.

A formosa selvagem desfez-se em risos, como se desfaz a flor do fruto que desponta; e foi debruçar-se na espádua do guerreiro.

— Iracema te escuta.

— Estes campos são alegres, e ainda mais serão quando Iracema neles habitar. Que diz teu coração?

— O coração da esposa está sempre alegre junto de seu guerreiro e senhor.

Seguindo pela margem do rio, o cristão escolheu o lugar para levantar a cabana. Poti cortou esteios dos troncos da carnaúba; a filha de Araquém ligava os leques da palmeira para vestir o teto com as paredes; Martim cavou a terra e fabricou a porta das ripas da taquara.

Quando veio a noite, os dois esposos armaram a rede em sua nova cabana; e o amigo no alpendre que olhava para o nascente.

22

Poti saudou o amigo e falou assim:

— Antes que o pai de Jacaúna e Poti, o valente guerreiro Jatobá, mandasse sobre todos os guerreiros pitiguaras, o grande tacape da nação estava na destra de Batuireté[80], o maior chefe, pai de Jatobá. Foi ele que veio pelas praias do mar até o rio do jaguar, e expulsou os tabajaras para dentro das terras, marcando a cada tribo seu lugar; depois entrou pelo sertão até à serra que tomou seu nome.

"Quando suas estrelas eram muitas, e tantas que seu camucim já não cabia as castanhas que marcavam o número, o corpo vergou para a terra, o braço endureceu como o galho do ubiratã que não verga, a luz dos olhos escureceu.

"Chamou então o guerreiro Jatobá e disse: *Filho, toma o tacape da nação pitiguara. Tupã não quer que Batuireté o leve mais à guerra, pois tirou a força de seu corpo, o movimento do seu braço e a luz de seus olhos. Mas Tupã foi bom para ele, pois lhe deu um filho como o guerreiro Jatobá.*

---

80 Mesmo que *valente nadador*. Também é o nome de uma serra bastante fértil no estado do Ceará [N.E.]

"Jatobá empenhou o tacape dos pitiguaras. Batuireté tomou o bordão de sua velhice e caminhou. Foi atravessando os vastos sertões, até os campos viçosos onde correm as águas que vêm das bandas da noite. Quando o velho guerreiro arrastava o passo pelas margens, e a sombra de seus olhos não lhe deixava que visse mais os frutos nas árvores ou os pássaros no ar, ele dizia em sua tristeza: *Ah! meus tempos passados!*

"A gente que o ouvia, chorava a ruína do grande chefe; e desde então, passando por aqueles lugares, repetia suas palavras; donde veio chamar-se o rio e os campos, Quixeramobim[81] .

"Batuireté veio pelo caminho das garças até aquela serra que tu vês longe, e onde primeiro habitou. Lá no píncaro, o velho guerreiro fez seu ninho alto como o gavião, para encher o resto de seus dias, conversando com Tupã. Seu filho já dorme embaixo da terra, e ele ainda na outra lua cismava na porta de sua cabana, esperando a noite que traz o grande sono. Todos os chefes pitiguaras, quando acordam à voz da guerra, vão pedir ao velho que lhes ensine a vencer, porque nenhum outro guerreiro jamais soube combater como ele. Assim as tribos não o chamam mais pelo nome, senão o grande sabedor da guerra, Maranguab.

"O chefe Poti vai à serra ver seu grande avô; mas antes que o dia morra, ele estará de volta na cabana de seu irmão. Tens tu outra vontade?"

— O guerreiro branco te acompanha para abraçar o grande chefe dos pitiguaras, avô de seu irmão, e dizer ao ancião que ele renasceu no filho de seu filho.

Martim chamou Iracema; e partiram ambos guiados pelo pitiguara para a serra do Maranguab, que se levantava no horizonte. Foram seguindo o curso do rio até onde nele entrava o Ribeiro de Pirapora[82].

A cabana do velho guerreiro estava junto das formosas cascatas, onde salta o peixe no meio dos borbotões de espuma. As águas ali

81 O mesmo que saudade [N.E.]

82 Rio na região da serra de Maranguape [N.E.]

são frescas e macias, como a brisa do mar, que passa entre as palmas dos coqueiros, nas horas da calma.

Batuireté estava sentado sobre uma das lapas da cascata; o sol ardente caía sobre sua cabeça, nua de cabelos e cheia de rugas como o jenipapo. Assim dorme o jaburu na borda do lago.

— Poti é chegado à cabana do grande Maranguab, pai de Jatobá, e trouxe seu irmão branco para ver o maior guerreiro das nações.

O velho soabriu as pesadas pálpebras, e passou do neto ao estrangeiro um olhar cansado.

Depois o peito arquejou e os lábios murmuraram:

— Tupã quis que estes olhos vissem antes de se apagarem, o gavião branco junto da narceja[83].

O abaetê derrubou a fronte aos peitos, e não falou mais, nem mais se moveu.

Poti e Martim julgaram que ele dormia e se afastaram com respeito para não perturbar o repouso de quem tanto obrara na longa vida. Iracema, que se banhava na próxima cachoeira, veio-lhes ao encontro, trazendo na folha da taioba favos de mel puríssimo.

Discorreram os amigos pelas floridas encostas até que as sombras da montanha se estenderam pelo vale. Tornaram então ao lugar onde tinham deixado o Maranguab.

O velho ainda lá estava na mesma atitude, com a cabeça derrubada ao peito e os joelhos encostados à fronte. As formigas subiam-lhe pelo corpo; e os tuins[84] voavam em torno e pousavam-lhe na calva.

Poti pôs a mão no crânio do ancião e conheceu que era finado; o guerreiro morrera de velhice. Então o chefe pitiguara entoou o canto da morte; e foi à cabana buscar o camucim, que transbordava com as castanhas do caju. Martim contou cinco vezes cinco mãos.

83 Com essa expressão, a sobreposição do gavião branco sobre a narceja, uma ave de cor escura, o ancião profetiza o "fim" de seu povo pelo homem branco [N.E.]

84 Periquitos [N.E.]

Iracema colhia nas florestas a andiroba, para ungir o corpo do velho que a mão piedosa do neto encerrou no camucim. O vaso fúnebre ficou suspenso ao teto da cabana.

Depois que plantou urtiga à porta, para defender contra os animais a oca abandonada, Poti despediu-se triste daqueles sítios, e tornou com seus companheiros à borda do mar.

A serra onde estava outrora a cabana tomou o nome de Maranguape; assim chamada porque aí repousa o sabedor da guerra.

23

Quatro luas tinham alumiado o céu depois que Iracema deixara os campos do Ipu; e três depois que ela habitava nas praias do mar a cabana de seu esposo.

A alegria morava em sua alma. A filha dos sertões era feliz, como a andorinha, que abandona o ninho de seus pais, e peregrina para fabricar novo ninho no país onde começa a estação das flores. Também Iracema achara ali nas praias do mar um ninho do amor, nova pátria para seu coração.

Como o colibri borboleteando entre as flores da acácia, ela discorria as amenas campinas. A luz da manhã já a encontrava suspensa ao ombro do esposo e sorrindo, como a enrediça[85] que entrelaça o tronco robusto, e todas as manhãs o coroa de nova grinalda.

Martim partia para a caça com Poti. A virgem separava-se dele então, para sentir ainda mais ardente o desejo de vê-lo.

---

85 Diz-se das plantas que emaranham com facilidade [N.E.]

Perto havia uma formosa lagoa no meio de verde campina. Para lá volvia a índia o ligeiro passo. Era a hora do banho da manhã; atirava-se à água e nadava com as garças brancas e as vermelhas jaçanãs.

Os guerreiros pitiguaras, que apareciam por aquelas paragens, chamavam essa lagoa Porangaba, ou *lagoa da beleza*, porque nela se banhava Iracema, a mais bela filha da raça de Tupã.

E desde esse tempo as mães vinham de longe mergulhar suas filhas nas águas da

Porangaba, que tinha a virtude de dar formosura às virgens e fazê-las amadas pelos guerreiros.

Depois do banho, Iracema divagava até a base da serra do Maranguab, onde nascia o ribeiro das marrecas, o Jereraú[86]. Ali cresciam na frescura e na sombra as frutas mais saborosas de todo o país; delas fazia a virgem copiosa provisão, e esperava embalando-se nas ramas do maracujá, que Martim tornasse da caça.

Outras vezes não era a Jereraú que a levava sua vontade, mas do oposto lado, a Sapiranga[87], cujas águas inflamavam os olhos, como diziam os pajés. Cerca daí havia um bosque frondoso de muritis[88], que formavam no meio do tabuleiro uma grande ilha de formosas palmeiras.

Iracema gostava do Muritiapuá[89], onde o vento suspirava docemente; ali espolpava ela o vermelho coco, para fabricar a bebida refrigerante, adoçada com o mel da abelha, e enchia dela a igaçaba, destinada a estancar a sede dos guerreiros durante a maior calma do dia.

Uma manhã, Poti guiou Martim à caça; caminharam para uma serra, que se levanta ao lado da outra do Maranguab, sua irmã. O

86 Lugar ainda bastante conhecido pela produção de ótimas frutas, especialmente laranjas [N.E.]

87 Lagoa situada a cerca de 8 quilômetros de Fortaleza. O significado em tupi-guarani é *olhos vermelhos* [N.E.]

88 Buritis, palmeiras [N.E.]

89 Povoado e nome de uma palmeira, popularmente conhecida como buriti [N.E.]

alto cabeço[90] se curva à semelhança do bico adunco da arara; pelo que os guerreiros a chamaram Aratanha[91]. Eles subiram pela encosta da Guaiúba[92] por onde as águas descem para o vale, e foram até o córrego habitado pelas pacas.

Só havia sol no bico da arara, quando os caçadores desceram de Pacatuba[93] ao tabuleiro. De longe viram Iracema, que viera esperá-los à margem de sua lagoa da Porangaba. Caminhava para eles com o passo altivo da garça que passeia à beira d'água: por cima da carioba trazia uma cintura das flores da manía[94], que era o símbolo da fecundidade. Colar das mesmas cingia-lhe o colo e ornava os rijos seios palpitantes.

Travou da mão do esposo, e a pôs sobre seu ventre:

— Teu sangue já vive no seio de Iracema. Ela será mãe de teu filho.

— Filho, dizes tu? — exclamou o cristão em júbilo.

Ajoelhou ali e cingindo-a com os braços, beijou-lhe o ventre.

Quando ele ergueu-se, Poti falou:

— A felicidade do mancebo é a esposa e o amigo; a primeira dá alegria, o segundo dá força. O guerreiro sem a esposa é como a árvore sem folhas nem flores: nunca ela verá o fruto. O guerreiro sem amigo é como a árvore solitária que o vento açoita no meio do campo: o fruto dela nunca amadurece. A felicidade do varão é a prole, que nasce dele e faz seu orgulho; cada guerreiro que sai de suas veias é mais um galho que leva seu nome às nuvens, como a ponta do cedro. Amado de Tupã é o guerreiro que tem uma esposa, um amigo e muitos filhos; ele nada mais deseja senão a morte gloriosa.

Martim uniu o peito ao peito de Poti:

---

90 Cume arrendondado de um monte ou uma serra [N.E.]

91 O mesmo que *bico de arara* [N.E.]

92 Mesmo que *caminho das águas*. Nome do rio com nascente na serra da Aratanha [N.E.]

93 Leito das pacas. Atualmente é uma cidade às margens da serra da Aratanha [N.E.]

94 Folha da mandioca [N.E.]

— O coração do esposo e do amigo falou por tua boca. O guerreiro branco é feliz, chefe dos pitiguaras, senhores das praias do mar; a felicidade nasceu para ele na terra das palmeiras, onde recende a baunilha; e foi gerada no sangue de tua raça, que tem no rosto a cor do sol. O guerreiro branco não quer mais outra pátria, senão a pátria de seu filho e de seu coração.

Ao romper d'alva, Poti partiu para colher as sementes de crajuru[95] que dão a bela tinta vermelha, e a casca do angico de onde se extrai a cor negra mais lustrosa. De caminho sua flecha certeira abateu o pato selvagem que plainava nos ares. O guerreiro arrancou das asas as longas penas, e subindo ao Mocoripe, rugiu a trombeta. A refega que vinha do mar levou longe, bem longe, o rouco som. O búzio dos pescadores do Trairi, e a trombeta dos caçadores do Soipé, responderam.

Martim banhou-se na água do rio, e passeou na praia para secar o corpo ao vento e ao sol. Ao seu lado ia Iracema, que apanhava o âmbar amarelo, despejado às praias pelo mar. Todas as noites a esposa perfumava seu corpo e a alva rede, para que o amor do guerreiro se deleitasse nela.

Voltou Poti.

---

95 O mesmo que *crajiru* ou *cipó-cruz*, planta medicinal de onde se extrai um corante vermelho escuro [N.E.]

24

Foi costume da raça, filha de Tupã, que o guerreiro trouxesse no corpo as cores de sua nação.

Traçavam em princípio negras riscas sobre o corpo, à semelhança do pelo do quati[96], de onde procedeu o nome dessa arte da pintura guerreira. Depois variaram as cores, e muitos guerreiros costumavam escrever os emblemas de seus feitos.

O estrangeiro tendo adotado a pátria da esposa e do amigo, devia passar por aquela cerimônia, para tornar-se um guerreiro vermelho, filho de Tupã. Nessa intenção fora Poti se prover dos objetos necessários.

Iracema preparou as tintas. O chefe, embebendo as ramas da pluma, traçou pelo corpo os riscos vermelhos e pretos, que ornavam a grande nação pitiguara. Depois pintou na fronte uma flecha e disse:

— Assim como a seta traspassa o duro tronco, assim o olhar do guerreiro penetra n'alma dos povos.

No braço pintou um gavião:

---

96 Mamífero com a pelagem em cores listradas [N.E.]

— Assim como o gavião cai das nuvens, assim cai o braço do guerreiro sobre o inimigo.

No pé esquerdo pintou a raiz do coqueiro:

— Assim como a pequena raiz agarra na terra o alto coqueiro, o pé firme do guerreiro sustenta seu corpo robusto.

No pé direito pintou uma asa:

— Assim como a asa do majoí[97] rompe os ares, o pé veloz do guerreiro não tem igual na corrida.

Iracema tomou a rama da pena e pintou uma abelha sobre folha de árvore; sua voz ressoou entre sorrisos:

— Assim como a abelha fabrica o mel no coração negro do jacarandá, a doçura está no peito do mais valente guerreiro.

Martim abriu os braços e os lábios para receber corpo e alma da esposa.

— Meu irmão é um grande guerreiro da nação pitiguara; ele precisa de um nome na língua de sua nação

— O nome de teu irmão está em seu corpo, onde o pôs tua mão.

— Coatiabo![98] — exclamou Iracema.

— Tu disseste; eu sou o guerreiro pintado; o guerreiro da esposa e do amigo.

Poti deu a seu irmão o arco e o tacape, que são as armas nobres do guerreiro. Iracema havia tecido para ele o cocar e a araçóia[99], matos dos chefes ilustres.

A filha de Araquém foi buscar à cabana as iguarias do festim e os vinhos de jenipapo e mandioca. Os guerreiros beberam copiosamente e trançaram as danças alegres. Enquanto dançavam em torno dos fogos da alegria, ressoavam as canções.

Poti cantava:

— Como a cobra que tem duas cabeças em um só corpo, assim é a amizade de Coatiabo e Poti.

---

97 Andorinha [N.E.]

98 Guerreiro pintado [N.E.]

99 Saiote indígena feito de penas [N.E.]

Acudiu Iracema:

— Como a ostra que não deixa o rochedo, ainda depois de morta, assim é Iracema junto a seu esposo.

Os guerreiros disseram:

— Como o jatobá na floresta, assim é o guerreiro Coatiabo entre o irmão e a esposa: seus ramos abraçam os ramos do ubiratã, e sua sombra protege a relva humilde.

Os fogos da alegria arderam até que veio a manhã; e com eles durou o festim dos guerreiros.

25

A alegria ainda morou na cabana por todo o tempo que as espigas de milho levaram a amarelecer.

Uma alvorada, caminhava o cristão pela borda do mar. Sua alma estava cansada.

O colibri sacia-se de mel e perfume; depois adormece em seu branco ninho de cotão, até que volta no outro ano a lua das flores. Como o colibri, a alma do guerreiro também satura-se de felicidade, e carece de sono e repouso.

A caça e as excursões pelas montanhas em companhia do amigo, as carícias da terna esposa que o esperavam na volta, e as agradáveis conversas à noite no alpendre da cabana, já não acordavam nele as emoções de outrora. Seu coração ressonava.

Quando Iracema brincava pela praia, os olhos do guerreiro retiravam-se dela para se estenderem pela imensidade dos mares.

Viram umas asas brancas, que planavam pelos campos azuis. Conheceu o cristão que era uma grande canoa de muitas velas, como construíam seus irmãos; e a saudade da pátria apertou-lhe no seio.

Alto ia o sol; e o guerreiro na praia seguia com os olhos as asas brancas que fugiam. Em vão a esposa o chamava à cabana. As graças da esposa e os melhores frutos do campo já não ofereciam à ele os mesmos afagos. Não se moveu o guerreiro, senão quando a vela sumiu-se no horizonte.

Poti voltou da serra, onde pela primeira vez fora só. Tinha deixado a serenidade na fronte de seu irmão e achava ali a tristeza. Martim saiu-lhe ao encontro:

— A grande canoa do branco tapuia passou no mar. Os olhos de teu irmão a viram, que voava para as margens do Mearim, aliados dos tupinambás[100], inimigo de tua e minha raça.

— Poti é senhor de mil arcos; se é teu desejo ele te acompanhará com seus guerreiros às margens do Mearim para vencer o tapuitinga[101] e seu amigo, o pérfido tupinambá.

— Quando for tempo, teu irmão te dirá.

Os guerreiros entraram na cabana onde estava Iracema. A doce canção nesse dia tinha emudecido nos lábios da esposa. Ela tecia suspirando a franja da rede materna, mais larga e espessa que a rede do himeneu.

Poti, que a viu tão ocupada, falou:

— Quando a sabiá canta, é o tempo do amor; quando emudece, fabrica o ninho para sua prole: é o tempo do trabalho.

— Meu irmão fala como a rã quando anuncia a chuva; mas a sabiá que faz seu ninho, não sabe se dormirá nele.

A voz de Iracema gemia. Seu olhar buscou o esposo. Martim pensava; as palavras de Iracema passaram por ele, como a brisa pela face lisa da rocha, sem eco nem rumores.

---

100 Nação indígena mais conhecida de todo o litoral brasileiro pelos navegadores europeus do século XVI. Tupinambá também pode se referir a todos os povos que, durante o início do contato colonial português, falavam alguma variante do tupi antigo [N.E]

101 Bárbaros brancos. Designação indígena para os padres jesuítas europeus que não eram portugueses ou luso-brasileiros [N.E.]

O sol brilhava sempre sobre as praias do mar, e as areias refletiam os raios ardentes; mas nem a luz que vinha do céu, nem a luz que refletia da terra, espancaram a sombra na alma do cristão. Cada vez o crepúsculo era maior em sua fronte.

Chegou das margens do rio das garças um guerreiro pitiguara, mandado por Jacaúna a seu irmão Poti. Ele veio seguindo o rastro dos viajantes até o Trairi, onde os pescadores o guiaram à cabana.

Poti estava só no alpendre; ergueu-se e abaixou a fronte para escutar com respeito e gravidade as palavras que lhe mandava seu irmão pela boca do mensageiro:

— O tapuitinga, que estava no Mearim, veio pelas matas até o princípio da serra da Ibiapaba, onde fez aliança com Irapuã, para combater a nação pitiguara. Eles vão descer da serra às margens do rio em que bebem as garças, e onde tu levantaste a taba de teus guerreiros. Jacaúna te chama para defender os campos de nossos pais; teu povo carece de seu maior guerreiro.

— Volta às margens do Acaracu, e teu pé não descansará enquanto não pisar o chão da cabana de Jacaúna. Quando aí estiveres, dize ao grande chefe: "Teu irmão é chegado à taba de seus guerreiros." E tu não mentirás.

O mensageiro partiu.

Poti vestiu suas armas, e caminhou para a várzea, guiado pelo passo de Coatiabo. Ele o encontrou muito além, vagando entre os canaviais que bordam as margens de Aquiraz.

— O branco tapuia está na serra da Ibiapaba para ajudar os tabajaras a combater contra Jacaúna. Teu irmão corre a defender a terra de seus filhos, e a taba onde dorme o camucim de seu pai. Ele saberá vencer depressa para voltar à tua presença.

— Teu irmão parte contigo. Nada separa dois guerreiros amigos quando troa a trombeta da guerra.

— Tu és grande como o mar e bom como o céu.

Abraçaram-se, e partiram com o rosto para as bandas do nascente.

26

Caminhando e caminhando, chegaram os guerreiros à margem de um lago, que havia nos tabuleiros.

O cristão parou de repente e voltou o rosto para as bandas do mar: a tristeza saiu de seu coração e subiu à fronte.

— Meu irmão — disse o chefe —, teu pé criou raiz na terra do amor; fica. Poti voltará breve.

— Teu irmão te acompanha — disse Martim —, e sua palavra é como a seta de teu arco: quando soa, é chegada.

— Queres tu que Iracema te acompanhe às margens do Acaracu?

— Nós vamos combater seus irmãos. A taba dos pitiguaras não terá para ela mais que tristeza e dor. A filha dos tabajaras deve ficar.

— Que esperas então?

— Teu irmão se aflige porque a filha dos tabajaras pode ficar triste e abandonar a cabana, sem esperar por sua volta. Antes de partir ele queria sossegar o espírito da esposa.

Poti refletiu:

— As lágrimas da mulher amolecem o coração do guerreiro, como o orvalho da manhã amolece a terra.

— Meu irmão é um grande sabedor. O esposo deve partir sem ver Iracema.

O cristão avançou, Poti mandou-lhe que esperasse: da aljava, que Iracema suspendera aos ombros do esposo, tirou uma flecha emplumada de penas vermelhas e pretas.

O chefe pitiguara vibrou o arco; a flecha rápida atravessou um caranguejo que discorria pelas margens do lago; só parou onde a pluma não a deixou mais entrar.

Fincou o guerreiro no chão a flecha, com a presa atravessada, e tornou para Coatiabo:

— Podes partir. Iracema seguirá teu rastro; chegando aqui, verá tua flecha, e obedecerá à tua vontade.

Martim sorriu; e quebrando um ramo do maracujá, a flor da lembrança, o entrelaçou na haste da flecha, e partiu enfim seguido por Poti.

Breve desapareceram os dois guerreiros entre as árvores. O calor do sol já tinha secado seus passos na beira do lago. Iracema inquieta veio pela várzea, seguindo o rastro do esposo até o tabuleiro. As sombras doces vestiam os campos quando ela chegou à beira do lago.

Seus olhos viram a flecha do esposo fincada no chão, o caranguejo trespassado, o ramo partido, e encheram-se de pranto.

— Ele manda que Iracema ande para trás, como o caranguejo, e guarde sua lembrança, como o maracujá guarda sua flor todo o tempo até morrer.

A filha dos tabajaras retraiu os passos lentamente, sem volver o corpo, nem tirar os olhos da flecha de seu esposo; depois tornou à cabana. Aí sentada à soleira, com a fronte nos joelhos esperou, até que o sono acalentou a dor em seu peito.

Apenas alvorou o dia, ela moveu o passo rápido para a lagoa, e chegou à margem. A flecha lá estava como na véspera: o esposo não tinha voltado.

Desde então, à hora do banho, em vez de buscar a lagoa da beleza, onde outrora tanto gostara de nadar, caminhava para aquela, que vira seu esposo abandoná-la. Sentava-se junto à flecha, até que descia a noite; então se recolhia à cabana.

Tão rápida partia de manhã, como lenta voltava à tarde. Os mesmos guerreiros que a tinham visto alegre nas águas da Porangaba, agora encontrando-a triste e só, como a garça viúva, na margem do rio, chamavam aquele sítio da Mecejana, que significa a abandonada.

Uma vez que a formosa filha de Araquém se lamentava à beira da lagoa da Mecejana, uma voz estridente gritou seu nome do alto da carnaúba:

— Iracema! Iracema!...

Ergueu ela os olhos e viu entre as folhas da palmeira sua linda jandaia, que batia as asas, e arrufava as penas com o prazer de vê-la.

A lembrança da pátria, apagada pelo amor, ressurgiu em seu pensamento. Viu os formosos campos do Ipu, as encostas da serra onde nascera, a cabana de Araquém, e teve saudades; mas naquele instante, ainda não se arrependeu de os ter abandonado.

Seu lábio gazeou um canto[102]. A jandaia abrindo as asas, esvoaçou-lhe em torno e pousou no ombro. Alongando serena o colo, com o negro bico alisou-lhe os cabelos e beliscou a boca mimosa e vermelha como a pitanga.

Iracema lembrou-se que tinha sido ingrata para a jandaia, esquecendo-a no tempo da felicidade; mas a jandaia vinha para a consolar agora no tempo da desventura.

Essa tarde não voltou só à cabana. Durante o dia seus dedos ágeis teceram o formoso cesto de palha, que forrou da felpa macia da monguba[103], para agasalhar sua companheira e amiga.

Na seguinte alvorada foi a voz da jandaia que a despertou. A linda ave não deixou mais sua senhora; ou porque depois da longa ausência não se fartasse de a ver, ou porque adivinhasse que ela tinha necessidade de quem a acompanhasse em sua triste solidão.

---

102 Gazear um canto, nesse contexto é o mesmo que *soltar a voz* [N.E.]

103 Árvore também chamada de *cacau-selvagem* [N.E.]

27

Uma tarde Iracema viu de longe dois guerreiros que avançavam pelas praias do mar. Seu coração palpitou mais apressado.

Instantes depois ela esquecia nos braços do esposo tantos dias de saudade e abandono que passara na solitária cabana.

Martim e seu irmão haviam chegado à taba de Jacaúna, quando soava a trombeta: eles guiaram ao combate os mil arcos de Poti. Ainda dessa vez, os tabajaras, apesar de aliados aos brancos tapuias do Mearim, foram vencidos pelos valentes pitiguaras.

Nunca tão disputada vitória e tão sangrento combate se pelejou nos campos que regam o Acaracu e o Camucim; o valor era igual de parte a parte, e nenhum dos dois povos fora vencido, se o deus da guerra, o terrível Aresqui, não tivesse decidido dar a vitória à raça do guerreiro branco, aliada dos pitiguaras.

Logo após a vitória, o cristão tornara às praias do mar, onde havia construído sua cabana e onde o esperava a doce esposa. De novo sentiu em sua alma a sede do amor; e tremia de pensar que Iracema houvesse partido, deixando ermo aquele sítio tão povoado outrora pela felicidade.

Como a seca várzea, com a vinda do inverno reverdece e se matiza de flores, a formosa filha do sertão com a volta do esposo reanimou-se; e sua beleza esmaltou-se de meigos e ternos sorrisos.

Outra vez sua graça encheu os olhos do cristão, e a alegria voltou a habitar em sua alma. O cristão amou a filha do sertão, como nos primeiros dias, quando parece que o tempo nunca poderá estancar o coração. Mas breves sóis bastaram para murchar aquelas flores de uma alma exilada da pátria.

O umbu, filho da serra, se nasce na várzea porque o vento ou as aves trouxeram a semente, vinga, achando boa terra e fresca sombra; talvez um dia cope a verde folhagem e enflore. Mas basta um sopro do mar, para tudo murchar. As folhas lastram o chão; as flores, leva-as a brisa.

Como o umbu na várzea, era o coração do guerreiro branco na terra selvagem. A amizade e o amor o acompanharam e fortaleceram durante algum tempo, mas agora, longe de sua casa e de seus irmãos, sentia-se no ermo. O amigo e a esposa não bastavam mais à sua existência, cheia de grandes desejos e nobres ambições.

Passava os já tão breves, agora longos sóis, na praia, ouvindo gemer o vento e soluçar as ondas. Com os olhos engolfados na imensidade do horizonte, buscava, inutilmente, descobrir no azul límpido a alvura de uma vela perdida nos mares.

Distante da cabana, se elevava à borda do oceano um alto morro de areia; pela semelhança com a cabeça do crocodilo o chamavam os pescadores Jacarecanga. Do seio das brancas areias escaldadas pelo ardente sol, manava uma água fresca e pura; assim, destila a alma do seio da dor lágrimas doces de alívio e consolo.

A esse monte subia o cristão; e lá ficava refletindo sobre seu destino. Às vezes lhe vinha à mente a ideia de voltar à sua terra e aos seus; mas ele sabia que Iracema o acompanharia; e essa lembrança lhe remordeu o coração. Cada passo mais que afastasse dos campos nativos a filha dos tabajaras, agora que ela não tinha o ninho de seu coração para abrigar-se, era uma porção da vida que lhe roubava.

Poti conhece Martim, e, sabendo que deseja estar só, afasta-se discreto. O guerreiro sabe o que aflige a alma do seu irmão, e tudo espera do tempo, porque só o tempo endurece o coração do guerreiro, como o cerne do jacarandá.

Iracema também foge dos olhos do esposo, porque já percebeu que esses olhos tão amados se turbam com a vista dela, e em vez de se encherem de sua beleza como outrora, a despedem de si. Mas seus olhos dela não se cansam de acompanhar à parte e de longe o guerreiro senhor, que os fez cativos.

Ai da esposa!. . . Sentiu já o golpe no coração e como a copaíba ferida no âmago, destila as lágrimas em fio.

28

Uma vez o cristão ouviu dentro em sua alma o soluço de Iracema: seus olhos buscaram em torno e não a viram.

A filha de Araquém estava além, entre as verdes moitas de ubaia, sentada na relva. O pranto desfiava de seu belo semblante; e as gotas que rolavam uma a uma caiam sobre o ventre, onde já palpitava e crescia o filho do amor. Assim caem as folhas da árvore viçosa antes que amadureça o fruto.

— O que espreme as lágrimas do coração de Iracema?

— Chora o cajueiro quando fica o tronco seco e triste. Iracema perdeu sua felicidade, depois que te separaste dela

— Não estou eu junto de ti?

— Teu corpo está aqui; mas tua alma voa à terra de teus pais e busca a virgem branca, que te espera.

Martim doeu-se. Os grandes olhos negros que a indiana pousara nele o tinham ferido no íntimo.

— O guerreiro branco é teu esposo; ele te pertence.

Sorriu em sua tristeza a formosa tabajara:

— Quanto tempo há que retiraste de Iracema teu espírito? Dantes, teu passo te guiava para as frescas serras e alegres tabuleiros; teu pé gostava de pisar a terra da felicidade, e seguir o rastro da esposa. Agora só buscas as praias ardentes, porque o mar que lá murmura vem dos campos em que nasceste; e o morro das areias, porque do alto se avista a canoa que passa.

— É a ânsia de combater o tupinambá que volve o passo do guerreiro para as bordas do mar — respondeu o cristão.

Iracema continuou:

— Teu lábio secou para a esposa; assim a cana, quando ardem os grandes sóis, perde o mel, e as folhas murchas não podem mais cantar quando passa a brisa. Agora só falas ao vento da praia para que ele leve tua voz à cabana de teus pais.

— A voz do guerreiro branco chama seus irmãos para defender a cabana de Iracema e a terra de seu filho, quando o inimigo vier.

A esposa meneou a cabeça:

— Quando tu passas no tabuleiro, teus olhos fogem do fruto do jenipapo e buscam a flor do espinheiro; a fruta é saborosa, mas tem a cor dos tabajaras; a flor tem a alvura das faces da virgem branca. Se cantam as aves, teu ouvido não gosta já de escutar o afinado canto da graúna, mas tua alma se abre para o grito do japim[104], porque ele tem as penas douradas como os cabelos daquela que tu amas!

— A tristeza escurece a vista de Iracema e amarga seu lábio. Mas a alegria há de voltar à alma da esposa, como volta à árvore a verde rama.

— Quando teu filho deixar o seio de Iracema, ela morrerá, como o abati[105] depois que deu seu fruto. Então o guerreiro branco não terá mais quem o prenda na terra estrangeira.

— Tua voz queima, filha de Araquém, como o sopro que vem dos sertões do Icó, no tempo dos grandes calores. Queres tu abandonar teu esposo?

---

104 Ave negra com manchas amarelas nas asas [N.E.]

105 Planta que origina a espiga de milho [N.E.]

— Não veem teus olhos lá o formoso jacarandá, que vai subindo às nuvens? A seus pés ainda está a seca raiz da murta frondosa, que todos os invernos se cobria de rama e bagos vermelhos, para abraçar o tronco irmão. Se ela não morresse, o jacarandá não teria sol para crescer tão alto. Iracema é a folha escura que faz sombra em tua alma; deve cair, para que a alegria alumie teu seio.

O cristão cingiu o talhe da formosa índia e a estreitou ao peito. Seu lábio pousou ao lábio da esposa um beijo, mas áspero e morno.

29

Poti voltou do banho.

Segue na areia o rastro de Coatiabo, e sobe ao alto da Jacarecanga. Aí encontra o guerreiro em pé no cabeço do monte, com os olhos alongados e os braços estendidos para os largos mares.

Volve o pitiguara as vistas e descobre uma grande canoa, que vem sulcando os verdes mares, impelida pelo vento:

— É a grande canoa dos irmãos de meu irmão que vem buscá-lo?

O cristão suspirou:

— São os guerreiros brancos inimigos de minha raça, que buscam as praias da valente nação pitiguara, para a guerra da vingança; eles foram derrotados com os tabajaras nas margens do Camucim; agora vem com os seus amigos, os tupinambás, pelo caminho do mar.

— Meu irmão é um grande chefe. Que pensa ele que deve fazer seu irmão Poti?

— Chama os caçadores de Soipé e os pescadores do Trairi. Nós iremos a seu encontro.

Poti acordou a voz da trombeta, e os dois guerreiros partiram para o Mocoripe. Pouco além, viram os guerreiros de Jaguaraçu e Camoropim que corriam ao grito de guerra. O irmão de Jacaúna os avisou da vinda do inimigo.

A grande canoa corre nas ondas, ao longo da terra que se dilata até às margens do Parnaíba. A lua começava a crescer quando ela deixou as águas do Mearim; ventos contrários a tinham arrastado para os altos mares, muito além de seu destino.

Os guerreiros pitiguaras, para não espantarem o inimigo, se ocultam entre os cajueiros, e seguem pela praia a grande canoa; durante o dia avultam as brancas velas; de noite os fogos atravessam a negrura do mar, como vagalumes perdidos na mata.

Muitos sóis caminharam assim. Passam além do Camucim, e afinal pisam as lindas ribeiras da enseada dos papagaios.

Poti manda um guerreiro ao grande Jacaúna e se prepara para o combate. Martim, que subiu ao morro de areia, toma ciência de que a grande canoa vem abrigar-se no seio do mar, e avisa seu irmão.

O sol já nasceu; os guerreiros guaraciabas e os tupinambás, seus amigos, correm sobre as ondas nas ligeiras canoas e chegam na praia. Já formam o grande arco, e avançam como o cardume do peixe quando corta a correnteza do rio.

No centro estão os guerreiros do fogo, que trazem o raio; nas asas os guerreiros do Mearim, que brandem o tacape.

Mas nação alguma jamais vibrou o arco certeiro, como a grande nação pitiguara; e Poti é o maior chefe, de quantos chefes empunharam a trombeta guerreira. A seu lado caminha o irmão, tão grande chefe como ele, e sabedor das manhas da raça branca dos cabelos do sol.

Durante a noite os pitiguaras fincam na praia a forte caiçara de espinho, e levantam contra ela um muro de areia, onde o rio esfria e se apaga. Aí esperam o inimigo. Martim manda que outros guerreiros subam à copa dos mais altos coqueiros; ali defendidos pelas largas palmas, esperam o momento do combate.

A flecha de Poti foi a primeira que partiu, e o chefe dos guaraciabas o primeiro herói que mordeu o pó da terra estrangeira. Rugem os trovões na destra dos guerreiros brancos; mas os raios que desferem mergulham-se na areia, ou se perdem nos ares.

As flechas dos pitiguaras já caem do céu, já voam da terra, e se embebem todas no seio do inimigo. Cada guerreiro tomba crivado de muitas flechas, como a presa que as piranhas disputam nas águas do lago.

Os inimigos embarcam outra vez nas pequenas canoas, e retornam à grande canoa em busca dos grandes e pesados trovões, que um homem só, nem dois, podem manejar.

Quando voltam, o chefe dos pescadores, que corre nas águas do mar como o veloz camoropim, de que tomou o nome, se arroja nas ondas, e mergulha. Ainda a espuma não se apagara, e já a canoa inimiga se afundou, parecendo que foi tragada por uma baleia.

Veio a noite, que trouxe o repouso.

Ao romper d'alva, o maracatim[106] fugia no horizonte para as margens do Mearim. Jacaúna chegou, não mais para o combate e só para o festim da vitória.

Nessa hora em que o canto guerreiro dos pitiguaras celebrava a derrota dos guaraciabas, o primeiro filho que o sangue da raça branca gerou nessa terra da liberdade, via a luz nos campos da Porangaba.

---

106 Grande embarcação indígena [N.E.]

30

Iracema, sentindo que se lhe rompia o seio, buscou a margem do rio, onde crescia o coqueiro.

Estreitou-se com a haste da palmeira. A dor lacerou suas entranhas, porém, logo o choro infantil inundou sua alma de júbilo.

A jovem mãe, orgulhosa de tanta ventura, tomou o tenro filho nos braços e com ele arrojou-se às águas límpidas do rio. Depois suspendeu-o à teta mimosa; seus olhos então o envolviam de tristeza e amor.

— Tu és Moacir[107], o nascido de meu sofrimento.

A ará, pousada no olho do coqueiro, repetiu Moacir; e desde então a ave amiga unia em seu canto ao nome da mãe, o nome do filho.

O inocente dormia; Iracema suspirava:

— A jati fabrica o mel no tronco cheiroso do sassafrás; toda a lua das flores voa de ramo em ramo, colhendo o suco para encher os favos; mas ela não prova sua doçura, porque a irara[108] devora em

107 Filho do sofrimento [N.E.]

108 Mamífero, também conhecido como *papa-mel.* [N.E.]

uma noite toda a colmeia. Tua mãe também, filho de minha angústia, não beberá em teus lábios o mel de teu sorriso.

A jovem mãe passou aos ombros a larga faixa de macio algodão, que fabricara para trazer o filho sempre junto de si, e seguiu pela areia o rastro do esposo, que há três sóis se partira. Ela caminhava docemente para não despertar a criancinha, adormecida como o passarinho sob a asa materna.

Quando chegou junto ao grande morro das areias, viu que o rastro de Martim e Poti seguia ao longo da praia, e adivinhou que eles tinham partido para a guerra. Seu coração suspirou, mas seus olhos secos buscaram o semblante do filho.

Volve o rosto para o Mocoripe:

— Tu és o morro da alegria, mas para Iracema não tens senão tristeza.

Voltando, a recente mãe pousou a criança adormecida na rede de seu pai, viúva e solitária em meio da cabana, e deitou-se ao chão, na esteira onde repousava, desde que os braços do esposo se não tinham mais aberto para recebê-la.

A luz da manhã entrava pela cabana, e Iracema viu entrar com ela a sombra de um guerreiro.

Caubi estava em pé na porta.

A esposa de Martim ergueu-se de um ímpeto e saltou avante para proteger o filho. Seu irmão levantou da rede a ela uns olhos tristes, e falou com a voz ainda mais triste:

— Não foi a vingança que arrancou o guerreiro Caubi aos campos dos tabajaras; ele já perdoou. Foi a vontade de ver Iracema, que trouxe consigo toda a sua alegria.

— Então bem-vindo seja o guerreiro Caubi na cabana de seu irmão — respondeu Iracema, abraçando-o.

— O nascido de teu seio dorme nessa rede; os olhos de Caubi gostariam de vê-lo.

Iracema abriu a franja de penas, e mostrou o lindo semblante da criança. Caubi, depois que o contemplou por muito tempo, entre risos, disse:

— Ele chupou tua alma.

E beijou nos olhos da jovem mãe, a imagem da criança, que não se animava tocar, receoso de ofendê-la.

A voz trêmula da filha ressoou:

— Ainda vive Araquém sobre a terra?

— Pena ainda; depois que tu o deixaste, sua cabeça vergou para o peito e não se ergueu mais.

— Tu lhe dirás que Iracema já morreu, para que ele se console.

A irmã de Caubi preparou a refeição para o guerreiro, e armou no alpendre a rede da hospitalidade para que ele repousasse das fadigas da jornada. Quando o viajante satisfez o apetite, ergueu-se com estas palavras:

— Diz onde está teu esposo e meu irmão, para que o guerreiro Caubi lhe dê o abraço da amizade.

Os lábios suspirosos da mísera esposa se moveram, como as pétalas do cacto que um sopro amarrota, e ficaram mudos. Mas as lágrimas brotaram nos olhos, e caíram em gotas.

O rosto de Caubi anuviou-se:

— Teu irmão pensava que a tristeza ficara nos campos que abandonaste; porque trouxeste contigo todo o riso dos que te amavam!

Iracema enxugou os olhos:

— O esposo de Iracema partiu com o guerreiro Poti para as praias do Acaracu. Antes que três sóis tenham iluminado a terra ele voltará, e com ele a alegria à alma da esposa.

— O guerreiro Caubi o espera para saber o que ele fez do sorriso que morava em teus lábios.

A voz do tabajara enrouquecera; seu passo inquieto andou a esmo pela cabana.

31

Iracema cantava docemente, embalando a rede para acalentar o filho. A areia da praia crepitou sob o pé forte e rijo do guerreiro tabajara, que vinha das bordas do mar depois da abundante pesca.

A jovem mãe cruzou as franjas da rede, para que as moscas não inquietassem o filho acalentado, e foi ao encontro do irmão:

— Caubi vai tornar às montanhas dos tabajaras! — disse ela com brandura.

O guerreiro anuviou-se:

— Tu despedes teu irmão da cabana para que ele não veja a tristeza que a enche.

— Araquém teve muitos filhos em sua mocidade; uns a guerra levou e morreram como valentes; outros escolheram uma esposa e geraram por sua vez numerosa prole; filhos de sua velhice, Araquém só teve dois. Iracema é o ará que o caçador tirou do ninho. Só resta o guerreiro Caubi ao velho pajé, para suster seu corpo vergado, e guiar seu passo trêmulo.

— Caubi partirá quando a sombra deixar o rosto de Iracema.

— Como a estrela que só brilha de noite, vive Iracema em sua tristeza. Só os olhos do esposo podem apagar a sombra em seu rosto. Parte, para que eles não se turvem com tua vista.

— Teu irmão parte para te fazer a vontade; mas ele voltará todas as vezes que o cajueiro florescer, para sentir em seu coração o filho de teu ventre.

Entrou na cabana. Iracema tirou da rede a criança; e ambos, mãe e filho, palpitaram sobre o peito do guerreiro tabajara. Depois, Caubi passou a porta e sumiu-se entre as árvores.

Iracema, arrastando o passo trêmulo, o acompanhou de longe até que o perdeu de vista na orla da mata. Aí parou: quando o grito da jandaia de envolta com o choro infantil, a chamou à cabana, a areia fria onde esteve sentada, guardou o segredo do pranto que embebera.

A jovem mãe suspendeu o filho à teta; mas a boca infantil não emudeceu. O leite escasso não enchia o peito.

O sangue da infeliz diluía-se todo nas lágrimas incessantes que não lhe estancavam nos olhos; pouco chegava aos seios, onde se forma o primeiro licor da vida.

Ela dissolveu a alva carimã[109] e preparou ao fogo o mingau para nutrir o filho. Quando o sol dourou a crista dos montes, partiu para a mata, levando ao colo a criança adormecida.

Na espessura do bosque estava o leito da irara ausente; os tenros cachorrinhos grunhem enrolando-se uns sobre os outros. A formosa tabajara aproxima-se de manso. Prepara para o filho um berço da macia rama do maracujá, e senta-se perto.

Põe no colo um por um os filhos da irara, e lhes oferece os seios mimosos, cuja teta rubra como a pitanga ungiu do mel da abelha. Os cachorrinhos famintos sugam os peitos escassos de leite.

Iracema sente dor, como nunca sentiu; parece que lhe exaurem a vida; mas os seios vão-se intumescendo; e se encherem afinal, e o leite, ainda rubro do sangue de que se formou, esguicha.

109 Farinha de mandioca [N.E.]

A feliz mãe arroja de si os cachorrinhos, e cheia de júbilo mata a fome ao filho. Ele é agora duas vezes filho de sua dor, nascido dela e também nutrido.

A filha de Araquém sentiu afinal que suas veias se estancavam; contudo, o lábio amargo de tristeza recusava o alimento que devia restaurar-lhe as forças. O gemido e o suspiro tinham crestado com o sorriso e o sabor em sua boca formosa.

32

Descamba o sol.

Japi sai do mato e corre para a porta da cabana.

Iracema sentada com o filho no colo, banha-se nos raios do sol e sente o frio arrepiar-lhe o corpo. Vendo o animal, fiel mensageiro do esposo, a esperança reanima seu coração; quer erguer-se para ir ao encontro de seu guerreiro senhor, mas os membros débeis se recusam à sua vontade.

Caiu desfalecida contra o esteio. Japi lambia-lhe a mão fria e pulava travesso para fazer sorrir a criança, soltando uns doces latidos de prazer. Por vezes, afastava-se para correr até a orla da mata chamando o senhor; logo tornava à cabana para festejar a mãe e o filho.

Por esse tempo, pisava Martim os campos amarelos do Tauape; seu irmão Poti, o inseparável, caminhava a seu lado.

Oito luas havia que ele deixara as praias de Jacarecanga. Vencidos os guaraciabas, na baía dos papagaios, o guerreiro cristão quis partir para as margens do Mearim, onde habitava o bárbaro aliado dos tupinambás.

Poti e seus guerreiros o acompanharam. Depois que transpuseram o braço corrente do mar que vem da serra de Tauatinga e banha as várzeas onde se pesca o piau, viram, enfim, as praias do Mearim e a velha taba do bárbaro tapuia.

A raça dos cabelos do sol cada vez ganhava mais a amizade dos tupinambás; crescia o número dos guerreiros brancos, que já tinham levantado na ilha a grande casa de pedra, para despedir o raio.

Quando Martim viu o que desejava, tornou aos campos da Porangaba, que ele agora trilha. Já ouve o ronco do mar nas praias do Mocoripe; já lhe bafeja o rosto o sopro vivo das ondas do oceano.

Quanto mais seu passo o aproxima da cabana, mais lento se torna e pesado. Tem medo de chegar; e sente que sua alma vai sofrer, quando os olhos tristes e magoados da esposa entrarem nela.

Há muito que a palavra desertou de seu lábio seco; o amigo respeita este silêncio, que ele bem entende. É o silêncio do rio quando passa nos lugares profundos e sombrios.

Tanto que os dois guerreiros tocaram as margens do rio, ouviram o latir do cão, a chamá-los e o grito da ará, que se lamentava.

Estavam bem próximos da cabana, apenas oculta por uma língua de mato. O cristão parou calcando a mão no peito para sofrear o coração, que saltava como o poraquê[110].

— O latido de Japi é de alegria — disse o chefe.

— Porque chegou; mas a voz da jandaia é de tristeza. Achará o guerreiro ausente a paz no seio da esposa solitária; ou terá a saudade matado em suas entranhas o fruto do amor?

O cristão moveu o passo vacilante. De repente, entre os ramos das árvores, seus olhos viram, sentada à porta da cabana, Iracema, com o filho no colo, e o cão a brincar. Seu coração o arrojou de um ímpeto, e a alma lhe estalou nos lábios:

— Iracema! . . .

A triste esposa e mãe soabriu os olhos, ouvindo a voz amada. Com esforço grande, pôde erguer o filho nos braços, e apresentá-lo ao pai, que amavelmente o olhava em êxtase.

---

110 Peixe [N.E.]

— Recebe o filho de teu sangue. Era tempo; meus seios ingratos já não tinham alimento para dar-lhe!

Pousando a criança nos braços paternos, a desventurada mãe desfaleceu, como a jetica[111], se lhe arrancam o bulbo. O esposo viu então como a dor tinha consumido seu belo corpo; mas a formosura ainda morava nela, como o perfume na flor caída do manacá.

Iracema não se ergueu mais da rede onde a pousaram os aflitos braços de Martim. O terno esposo, em quem o amor renascera com o júbilo paterno, a cercou de carícias que encheram sua alma de alegria, mas não a puderam voltar à vida: o estame[112] de sua flor se rompera.

— Enterra o corpo de tua esposa ao pé do coqueiro que tu amavas. Quando o vento do mar soprar nas folhas, Iracema pensará que é tua voz que fala entre seus cabelos.

O doce lábio emudeceu para sempre; o último lampejo despediu-se dos olhos baços. Poti amparou o irmão na grande dor. Martim sentiu quanto um amigo verdadeiro é precioso na desventura; é como o outeiro que abriga do vendaval o tronco forte e robusto do ubiratã, quando o cupim lhe broca o âmago.

O camucim, que recebeu o corpo de Iracema, embebido de resinas odoríferas, foi enterrado ao pé do coqueiro, à borda do rio. Martim quebrou um ramo de murta, a folha da tristeza, e deitou-o no jazigo de sua esposa.

A jandaia pousada no olho da palmeira repetia tristemente:

— Iracema!

Desde então os guerreiros pitiguaras, que passavam perto da cabana abandonada e ouviam ressoar a voz plangente da ave amiga, afastavam-se, com a alma cheia de tristeza, do coqueiro onde cantava a jandaia.

E foi assim que um dia veio a chamar-se Ceará o rio onde crescia o coqueiro, e os campos onde serpeja o rio.

---

111 Batata-doce [N.E.]

112 Parte da flor onde são produzidos os grãos de pólen [N.E.]

33

O cajueiro floresceu quatro vezes depois que Martim partiu das praias do Ceará, levando no frágil barco o filho e o cão fiel. A jandaia não quis deixar a terra onde repousava sua amiga e senhora.

O primeiro cearense, ainda no berço, emigrava da terra da pátria. Havia aí a predestinação de uma raça?

Poti levantava a taba de seus guerreiros na margem do rio e esperava o irmão que lhe prometera voltar. Todas as manhãs subia ao morro das areias e volvia os olhos ao mar, para ver se branqueava ao longe a vela amiga.

Afinal, volta Martim de novo às terras, que foram de sua felicidade, e são agora de amarga saudade. Quando seu pé sentiu o calor das brancas areias, em seu coração derramou-se um fogo que o requeimou: era o fogo das recordações que ardiam como a centelha sob as cinzas.

Só aplacou essa chama quando ele tocou a terra, onde dormia sua esposa; porque nesse instante seu coração transudou[113], como o tronco do jataí nos ardentes calores, e orvalhou sua tristeza de lágrimas abundantes.

Muitos guerreiros de sua raça acompanharam o chefe branco, para fundar com ele o povoado dos cristãos. Veio também um sacerdote de sua religião, de negras vestes, para plantar a cruz na terra desbravada.

Poti foi o primeiro que ajoelhou aos pés do sagrado lenho[114]; não sofria ele que nada mais o separasse de seu irmão branco. Deviam ter ambos um só deus, como tinham um só coração.

Ele recebeu com o batismo o nome do santo, cujo era o dia; e o do rei, a quem ia servir, e sobre os dois o seu, na língua dos novos irmãos. Sua fama cresceu e ainda hoje é o orgulho da terra, onde ele primeiro viu a luz.

O povoado que Martim erguera à-margem do rio, nas praias do Ceará, cresceu. Germinou a palavra do Deus verdadeiro na terra dos índios, e o bronze sagrado ressoou nos vales onde rugia o maracá.

Jacaúna veio habitar nos campos da Porangaba para estar perto de seu amigo branco; Camarão erguera a taba de seus guerreiros nas margens da lagoa da Mecejana.

Tempo depois, quando veio Albuquerque[115], o grande chefe dos guerreiros brancos, Martim e Camarão partiram para as margens do Mearim a castigar o feroz tupinambá e expulsar o branco tapuia.

Era sempre com emoção que o esposo de Iracema revia as terras onde fora tão feliz, e as verdes folhas cuja sombra dormia a formosa tabajara.

Muitas vezes, ia sentar-se naquelas doces areias, para refletir e acalentar no peito a agra saudade.

---

113 Verteu [N.E.]

114 A Cruz de Jesus Cristo [N.E.]

115 Jerônimo de Albuquerque chefiou a expedição no Maranhão em 1612 [N.E.]

A jandaia cantava ainda no olho do coqueiro; mas não repetia já o doce nome de Iracema.

Tudo passa sobre a terra.

CARTA AO DR. JAGUARIBE

Eis-me de novo, conforme o prometido.

Já leu o livro e as notas que o acompanham; conversemos pois.

Conversemos sem cerimônia, em toda familiaridade, como se cada um estivesse recostado em sua rede, ao vaivém do lânguido balanço, que convida à doce prática.

Se algum leitor curioso se puser à escuta, deixá-lo. Não devemos por isso de mudar o tom rasteiro da intimidade pela frase garrida das salas.

Sem mais.

Há de recordar-se você de uma noite que, entrando em minha casa, quatro anos a esta parte, achou-me rabiscando um livro. Era isso em uma quadra importante, pois que uma nova legislatura, filha de nova lei, fazia sua primeira sessão; e o país tinha os olhos nela, de quem esperava iniciativa generosa para melhor situação.

Já estava eu meio descrido das coisas, e mais dos homens; e por isso buscava na literatura diversão à tristeza que me infundia o estado da pátria entorpecida pela indiferença. Cuidava eu porém que você, político de antiga e melhor têmpera, pouco se preocupava com as coisas literárias, não por menosprezo, sim por vocação.

A conversa que tivemos então revelou meu engano; achei um cultor e amigo da literatura amena; e juntos lemos alguns trechos da obra, que tinha, e ainda não perdeu, pretensões a um poema.

É como viu e como então lhe esbocei a largos traços, uma heroica que tem por assunto as tradições dos indígenas brasileiros e seus costumes. Nunca me lembrara eu de dedicar-me a esse gênero de literatura, de que me abstive sempre, passados que foram os primeiros e fugaces arroubos da juventude. Suporta-se uma prosa medíocre, e até estima-se pelo quilate da ideia; mas o verso medíocre é a pior triaga[1] que se possa impingir ao pior leitor.

Cometi a imprudência quando escrevi algumas cartas sobre a Confederação dos Tamoios de dizer: "as tradições dos indígenas dão matéria para um grande poema que talvez um dia apresente sem ruído nem aparato, com modesto fruto de suas vigílias".

Tanto bastou para que supusessem que o escritor se referia a si, e tinha já em mão o poema; várias pessoas perguntaram-me por ele. Meteu-me isto em brios literários; sem calcular das forças mínimas para empresa tão grande que assoberbou dois ilustres poetas, tracei o plano da obra, e a comecei com quase tal vigor que a levei de um fôlego ao quarto canto.

Esse fôlego susteve-se cerca de cinco meses, mas amorteceu; e vou lhe confessar o motivo.

Desde cedo, quando começaram os primeiros pruridos literários uma espécie de instinto me impelia a imaginação para a raça selvagem indígena. Digo instinto, porque não tinha eu então estudos bastantes para apreciar devidamente a nacionalidade de uma literatura, era simples prazer que me deleitada na leitura das crônicas e memórias antigas.

Mais tarde, discernindo melhor as coisas, lia as produções que se publicavam sobre o tema indígena; não realizavam elas a poesia

---

1 Remédio de sabor amargo [N.E.]

nacional, tal como me aparecia no estudo da vida selvagem dos autóctones brasileiros. Muitas pecavam pelo abuso dos termos indígenas acumulados uns sobre os outros, o que não só quebrava a harmonia da língua portuguesa, como perturbava a inteligência do texto. Outras eram primorosas no estilo e ricas de belas imagens; porém faltava-lhes certa rudez ingênua de pensamento e expressão, que devia ser a linguagem dos indígenas.

Gonçalves Dias é o poeta nacional por excelência; ninguém lhe disputa na opulência da imaginação, no fino lavor do verso, no conhecimento da natureza brasileira e dos costumes selvagens. Em suas poesias americanas aproveitou muitas das mais lindas tradições dos indígenas; e em seu poema não concluído dos Timbiras, propôs-se a descrever a epopeia brasileira.

Entretanto, os selvagens de seu poema falam uma linguagem clássica, o que lhe foi censurado por outro poeta de grande envergadura criativa, o dr. Bernardo Guimarães; eles exprimem ideias próprias do homem civilizado, e que não é verossímil tivessem no estado da natureza.

Sem dúvida que o poeta brasileiro tem de traduzir em sua língua as ideias, embora rudes e grosseiras, dos índios; mas nessa tradução está a grande dificuldade; é preciso que a língua civilizada se molde quanto possa à singeleza primitiva da língua bárbara; e não represente as imagens e pensamentos indígenas senão por termos e frases que ao leitor pareçam naturais na boca do selvagem.

O conhecimento da língua indígena é o melhor critério para a nacionalidade da literatura. Ele nos dá não só o verdadeiro estilo, como as imagens poéticas do selvagem, os modos de seu pensamento, as tendências de seu espírito, e até as menores particularidades de sua vida.

E nessa fonte que deve beber o poeta brasileiro, é dela que há de sair o verdadeiro poema nacional, tal como eu o imagino.

Cometendo, portanto, o grande arrojo, aproveitei o ensejo de realizar as ideias que me flutuavam no espírito, e não eram ainda plano fixo, a reflexão consolidou-as e robusteceu.

Na parte escrita da obra foram elas vazadas em grande cópia. Se a investigação laboriosa das belezas nativas, feita sobre imperfeitos e espúrios dicionários, exauria o espírito; a satisfação de cultivar essas flores agrestes da poesia brasileira, deleitada. Um dia, porém, fatigado da constante e aturada meditação ou análise para descobrir a etimologia de algum vocábulo, assaltou-me um receio.

Todo este improbo trabalho que às vezes custava uma só palavra, me seria levado à conta? Saberiam que esse escrúpulo d'ouro fino tinha sido desentranhado da profunda camada, onde dorme uma raça extinta? Ou pensariam que fora achado na superfície e trazido ao vento da fácil inspiração?

E sobre esse, logo outro receio.

A imagem ou pensamento com tanta fadiga esmerilhados seriam apreciados em seu justo valor, pela maioria dos leitores? Não os julgariam inferiores a qualquer das imagens em voga, usadas na literatura moderna?

Ocorre-me um exemplo tirado deste livro. Guia, chamavam os indígenas, senhor do caminho, piguara. A beleza da expressão selvagem em sua tradução literal e etimológica, me parece bem saliente. Não diziam sabedor do caminho, embora tivessem termo próprio, *couab*, porque essa frase não exprimiria a energia de seu pensamento. O caminho no estado selvagem não existe; não é coisa de saber; faz-se na ocasião da marcha através da floresta ou do campo, e em certa direção; aquele que o tem e o dá, é realmente senhor do caminho.

Não é bonito? Não está aí uma joia da poesia nacional?

Pois haverá quem prefira a expressão *rei* do caminho, embora os brasis não tivessem rei, nem ideia de tal instituição. Outros se inclinaram à palavra *guia*, como mais simples e natural em português, embora não corresponda ao pensamento do selvagem.

Ora, escrever um poema que devia alongar-se para correr o risco de não ser entendido, e quando entendido não apreciado, era para desanimar o mais robusto talento, quanto mais a minha mediocridade. Que fazer? Encher o livro de grifos que o tornariam mais contuso e de notas que ninguém lê? Publicar a obra parcialmente para que os entendidos preferissem o veredito literário? Dar leitura dela a um círculo escolhido, que emitisse juízo ilustrado?

Todos estes meios tinham seu inconveniente, e todos foram repelidos: o primeiro afeava o livro; o segundo o truncava em pedaços; o terceiro não lhe aproveitaria pela cerimoniosa benevolência dos censores. O que pareceu melhor e mais acertado foi desviar o espírito dessa obra e dar-lhe novos rumos.

Mas não se abandona assim um livro começado, por pior que ele seja; aí nessas páginas cheias de rasuras e borrões dorme a larva do pensamento, que pode ser ninfa de asas douradas, se a inspiração fecundar o grosseiro casulo. Nas diversas pausas de suas preocupações o espírito volvia pois ao livro, onde estão ainda incubados e estarão cerca de dois mil versos heroicos.

Conforme a benevolência ou serenidade de minha consciência, às vezes os acho bonitos e dignos de verem a luz; outras me parecem vulgares, monótonos, e somenos a quanta prosa charra[2] tenho eu estendido sobre o papel. Se o amor de pai abranda afinal esse rigor, não desvanece, porém, nunca o receio de "perder inutilmente meu tempo a fazer versos para caboclos".

Em um desses volveres do espírito à obra começada, lembrou-me de fazer uma experiência em prosa. O verso pela sua dignidade e nobreza não comporta certa flexibilidade de expressão que entretanto não vai mal à prosa mais elevada. A elasticidade da frase permitiria então que se empregassem com mais clareza as imagens indígenas, de modo a não passarem desapercebidas. Por outro lado, se conheceria o efeito que havia de ter o verso pelo efeito que tivesse a prosa.

---

2 Inferiores aos seus escritos anteriores, que ele já considerava grosseiros [N.E.]

O assunto para a experiência, de antemão estava achado. Quando em 1848 revi nossa terra natal, tive a ideia de aproveitar suas lendas e tradições em alguma obra literária. Já em São Paulo tinha começado uma biografia do Camarão. Sua mocidade, a amizade heroica que o ligava a Soares Moreno, a bravura e lealdade de Jacaúna, aliado dos portugueses, e suas guerras contra o célebre Mel Redondo; ai estava o tema. Faltava-lhe o perfume que derrama sobre as paixões do homem e da mulher.

Sabe você agora o outro motivo que eu tinha de lhe endereçar o livro; precisava dizer todas estas coisas, contar o como e por que escrevi Iracema. E com quem melhor conversaria sobre isso do que com uma testemunha de meu trabalho, a única, das poucas, que respira agora as auras cearenses?

Este livro é, pois, um ensaio ou antes amostra. Verá realizadas nele minhas ideias a respeito da literatura nacional; e achará aí poesia inteiramente brasileira, haurida na língua dos selvagens. A etimologia de nomes das diversas localidades, e certos modos de dizer tirados da composição das palavras, são de cunho original.

Compreende você que não podia eu derramar em abundância essas riquezas no livrinho agora publicado, porque elas ficariam desfloradas na obra de maior vulto, a qual só teria a novidade da fábula. Entretanto há aí de sobra para dar matéria à crítica e servir de base ao juízo dos entendidos.

Se o público ledor gostar dessa forma literária que me parece ter algum atrativo, então se fará um esforço para levar ao cabo o começado poema, embora o verso tenha perdido muito de seu primitivo encanto. Se porém o livro for taxado de velho, e Iracema encontrar a usual indiferença que vai acolhendo o bom e o mau com a mesma complacência, quando não é silêncio desdenhoso e ingrato; nesse caso o autor se desenganará de mais esse gênero de literatura, como já se desenganou do teatro, e os versos, como as comédias, passarão para a gaveta dos papéis velhos, relíquias autobiográficas.

Depois de concluído o livro e quando o reli já aparado na estampa, conheci que me tinham escapado "senões" que se devam corrigir, noto algum excesso de comparações, repetição de certas imagens, desalinho no estilo dos últimos capítulos. Também me parece que devia conservar aos nomes das localidades sua atual versão, embora corrompida.

Se a obra tiver segunda edição será escoimada[3] destes e de outros defeitos que lhe descubram os entendidos.

Agosto de 1865

J. de Alencar

3 Liberta [N.E.]

O AUTOR

JOSÉ DE ALENCAR (1829-1877) foi um dos principais representantes do Romantismo no Brasil e é considerado um dos maiores escritores da literatura brasileira. Entre as suas obras mais famosas estão *O Guarani*, *Iracema* e *Senhora*.

Suas obras são conhecidas por retratar a sociedade brasileira no período colonial e posterior, explorando temas como o amor, a cultura indígena, a escravidão, a política e a vida na cidade.

Além de escritor, José de Alencar também foi político, e ocupou cargos como o de deputado e ministro da Justiça. Foi um defensor da cultura e da língua portuguesa no Brasil, e seus escritos ajudaram a estabelecer a literatura brasileira como uma forma de expressão própria e autônoma.

A obra de José de Alencar é importante não apenas pela sua qualidade literária, mas também pelo seu papel na construção da identidade cultural brasileira. Suas histórias e personagens se tornaram parte do imaginário popular e são estudadas até hoje em escolas e universidades em todo o Brasil.